# Abgrund

## Wie weit gehst du?

### Natacha Schüpbach

# Abgrund

## Wie weit gehst du?

Natacha Schüpbach

Bibliografische Information der Deutschen Nationalbibliothek. Die Deutsche Nationalbibliothek verzeichnet diese Publikation in der Deutschen Nationalbibliografie; detaillierte bibliografische Daten sind im Internet über http://dnb.dnb.de abrufbar.

© 2019 Natacha Schüpbach
Herstellung und Verlag
BoD – Books on Demand, Norderstedt

ISBN: 978-3-7494-0732-3

## 1

Endlich weg von Zuhause. Klassenfahrt. Wie jeden Morgen, wenn Loren das Haus verlässt, drückt seine Mutter ihm einen Kuss auf die Wange. Nur heute übertreibt sie es mal wieder. Natürlich er wird eine Woche nicht Nachhause kommen, aber schreiben oder anrufen können sie einander dennoch. „Mom du bist peinlich!", mit diesen Worten drückt Loren sie weg. Natürlich sagt er das nur, weil Jace, sein bester Freund geklingelt und die Tür aufgerissen hat. „Oh ähm hey Miss Jonson.", grüsst Jace sie peinlich berührt. „Hallo Jace. Bitte pass auf Loren auf während der Klassenfahrt und macht keine Dummheiten!", bittet Frau Jonson besorgt. „Natürlich werde ich das machen!", bestätigt Jace sofort. Dann endlich lässt sie von ihrem Sohn ab.

Kaum ist die Haustür hinter Loren zugefallen meint Jace: „Alter du bist siebzehn und keine zwei mehr, was macht deine Alte für einen Wind?" „Leck mich Jace!" „Wan immer du willst.", scherzt

Jace. Leicht verunsichert schaut Loren seinen grinsenden Kumpel an. „Sehr erwachsen Jace, wirklich!", grummelt Loren genervt.

Nach einem fünf minütigen Marsch kommen die Beiden endlich am Schulgebäude an. Ihr Lehrer begrüsst sie und nimmt ihnen die Rollkoffer ab. Schnell gesellen sich die Mädchen zu den beiden Schönlingen. Beide sind grossgewachsen, muskulös, leicht gebräunt, nur die Haare, sowie die Augen sind anders. Während Loren etwas längere, braune wirr aussehende Haare hat mit grünen Augen, besitzt Jace kurze schwarze, immer gestylte Haare mit blauen Augen. Dann endlich taucht Liam auf, das Klassenopfer. Wie immer ist er der Letzte. Unsicher stellt er sich zu einer kleinen Gruppe Mädchen. Sein kleiner, schwachaussehender Körper fällt selbst dort auf, denn er ist der Kleinste. Seine wasserstoffblonden Haare hängen ihm über die Schultern, seine bleiche Haut hat einen Starken Kontrast zu seinen beinahe schwarzen Augen. Noch bevor Loren und Jace Liam quälen können, ruft der Lehrer sie zusammen, damit die Reise beginnen kann.

Die Busfahrt zum Flughafen verläuft ruhig, Liam sitzt neben Herrn Light, damit seine Klassenkameraden ihn nicht quälen. Ebenso im Flugzeug, zumindest bis Loren ihn zu sich bittet. Nervös macht sich der Kleine auf in sein Verderben. Vor Loren bleibt er mit gesenktem Haupt stehen, er wagt es nicht ihn anzusehen. „Ich habe gehört, dass du bei Jace und mir schlafen wirst." Schüchtern nickt Liam, aber er hebt seinen Blick noch immer nicht. "I-ich also, ihr werdet gar ni-nicht bemerken, da-dass ich da bin.", versichert Liam. „Gut so! Und jetzt geh!", faucht Loren. Blitzschnell zieht Liam sich zurück.

Kaum landet die Klasse in Moskau, werden die Schüler auch schon von Herrn Light zusammengetrommelt. Nach einer gefühlten Ewigkeit sehen die Schüler endlich ihr Hotel. Die meisten frieren, trotz der dreissig minütigen Wanderung. In der Empfangshalle werden die Schüler nach Zimmer aufgeteilt und angemeldet. „Sobald ihr die Zimmerschlüssel habt, geht ihr euch einrichten. Abendessen gibt es um 19.00 Uhr. Seid pünktlich!", mahnt Light noch bevor sich die erschöpften Schüler zurückziehen.

Liam trottet Loren und Jace hinterher, wie ein treuer Hund. Vor ihrem Zimmer, mit der Nummer 39, machen sie halt. Loren sperrt auf. Zu ihrer Überraschung stehen ein grosses Ehebett und ein schmales Kinderbett drin. „Scheisse!", flucht Jace so gleich, doch Loren grinst wie ein Bekloppter. „Was grinst du so dämlich!?", faucht Jace. „Erinnerst du dich an deinen dummen Scherz? Nun wird er Wirklichkeit." „Kuschel doch mit Liam, der steht sicher drauf!", meckert Jace. „Na gut, Liam du wirst mit mir im Ehebett schlafen!", stellt Loren fest. Die Augen des Kleinen werden gross, dennoch widerspricht er nicht.

Nachdem die Jungerwachsenen ihre Sachen verstaut haben, legt Loren sich hin, Jace tut es ihm gleich, nur auf dem kleinen Bett. Überfordert mit der Situation, bleibt Liam einfach stehen, bis er den Mut findet Loren zu fragen, ob er sich hinlegen dürfe. „Klar. Bleib einfach auf deiner Seite." Gegen halb sieben erwacht Liam aus einem traumlosen Schlaf, er braucht einen Moment um zu begreifen wo er ist. „Soll ich die Beiden wecken oder doch besser nicht?", murmelt Liam sich die Frage, welche in seinem Kopf herumgeistert, zu.

Entschlossen rüttelt Liam an Lorens Schulter. „Loren. Loren! Aufstehen, es gibt bald Abendessen." Murrend öffnet Loren seine Augen. „Was ist?", grummelt er noch im Halbschlaf. „Steh auf, es gibt bald Abendessen.", wiederholt Liam.

„Liam geh runter und sag Bescheid, dass wir in einigen Minuten auch kommen." Wie von Loren befohlen, rennt Liam die Treppe hinunter. Auf der viert letzten Stufe stolpert er. Gefasst mit dem Boden Bekanntschaft zu machen, schliesst Liam seine Augen, verzerrt das Gesicht zu einer Grimasse, um mit dem bald eintretenden Schmerz besser auszukommen. Doch der Aufschlag kommt nicht. Verwirrt späht Liam unter seinen Augenlidern hervor. Er sieht den Boden vor Augen, aber fühlt keinen Schmerz. Mit einem Ruck wird er auf die Füsse gerissen. Ein Mann, etwa dreissig Jahre alt, steht vor ihm. „Ähm, d-danke.", stottert Liam. Doch der Mann seht ihn nur fragend an.

Da Liams Vater Russe ist, kann er sich relativ gut Verständigen. Unsicher dankt Liam erneut. Doch der Gesichtsausdruck des Mannes bleibt unverändert. „Liam! Du solltest unsere Verspätung mel-

den gehen und nicht mit fremden Männern sprechen, verdammt!", faucht Loren den zierlichen
Jungen an. Mit blassem Gesicht und geweiteten
Augen, dreht sich Liam zu den beiden Klassen-
lieblingen. „I-Ich also, ähm ...", doch weiter
kommt er nicht, da Jace seine Hand erhebt. „Ist
doch alles in Ordnung, komm lass uns gehen."

„Ihr drei seid zu spät! Ich hoffe ihr habt eine gute
Ausrede!", motzt Herr Light sogleich. „Klar haben
wir die! Liam rempelte unabsichtlich einen Mann
an, der uns dann nicht ohne Erklärung gehen lassen wollte. Aber dumm nur, dass wir kein Russisch können! Wären wir in England oder so, wo
die Leute Englisch können, wäre das alles kein
Problem gewesen und wir hätten es klären können." „Naja, du hast auch schon bessere Ausreden
erfunden Loren.", meint Light kühl. Damit wendet er sich wieder der Klasse zu. „Da wir nun endlich vollzählig sind, kommen wir zum morgigen
Programm. Den Morgen werden wir zusammen
verbringen, dass bedeutet wir werden gemeinsam
das Stadtzentrum besuchen. Am Nachmittag dürft
ihr dann Zimmerweise auf entdeckungstour gehen." Einige Schüler können sich beinahe nicht

halten vor Glück, während andere genervt aufstöhnen. „Muss das in Zimmergruppenaufteilung sein?", fragt Julia. „Ja und ich will, dass ihr euch benehmt und gefälligst zusammenbleibt! Moskau ist eine grosse Stadt!", herrscht Light Julia an. Dann endlich ist das Buffet eröffnet.

„Wo gehen wir morgen Nachmittag hin?", fragt Jace in die Runde. Loren zuckt mit den Schultern, während Tim und Dylen sich anstarren. Nero grinst wie ein Honigkuchenpferd, dabei starrt er Liam an. „Ich denke wir sollten Liam fragen, was wir hier alles tun können.", meint er immer noch grinsend. „Aha und weshalb?", hackt Jace nach. „Weil unser kleiner Liam ein halber Russe ist." Nun liegt die ganze Aufmerksamkeit aller auf dem blonden Jungen. „W-Was wollt ihr-ihr den so-so machen?" „Keine Ahnung, halt etwas Spannendes! Denk dir etwas aus bis nach dem Essen.", meint Loren mit vollem Mund.

„Kommt wir gehen in die Hotelbar, dort gibt`s bequeme Sessel.", schlägt Tim vor. Da niemand etwas gegen den Vorschlag einzuwenden hat, melden sich die Jungen bei Light ab. Anstatt wie ihrem Lehrer erzählt, auf ihre Zimmer zu gehen, nehmen sie die Treppe in den Keller zur Bar. Es ist dunkel hier, die Lichter sind gedimmt. Männer rauchen Zigaretten, während die wenigen Damen hier an ihren Drinks nippen. „Was meint ihr, bekommen wir hier etwas mit Alk?", fragt Nero begeistert. „Versuch es doch. Und dann hören wir uns Liams Vorschläge an."

Der Barkeeper lässt Nero eiskalt abblitzen, daher kommt er mit Cola für alle zurück. „Anscheinend hat dein Scharm versagt Nero.", spottet Jace. „Jaja sehr lustig! Geh du doch und frag!", giftet Nero zurück. Damit die beiden nicht wie Kleinkinder streiten, lenkt Loren die Aufmerksamkeit auf Liam, der sich versucht im Sessel zu verkriechen. „Also wir kö-könnten in ein Museum oder, ähm Eis essen, shoppen oder so was.", wispert Liam. Loren und Jace die neben ihm sitzen, müssen sich bereits konzentrieren um ihn zu verstehen und für die Restlichen ist es nur ein Gewimmer. Noch bevor Nero nachhackt, widerholt Loren die Worte. Eine hitzige Diskussion bricht aus. Mit zunehmender Müdigkeit werden die Themen immer schwachsinnier. Gerade als alle am Kichern sind wie kleine Schulmädchen, stellt sich ein Mann hinter Liam. Alle ausser Liam verstummen allmählich. Erst als sich Jemand über ihn beugt und ein Schottglas hinstellt, welches bis zum Rand hin voll ist, verstummt auch er. Da er nicht unhöflich sein will, nimmt er es zwischen Zeigefinger und Mittelfinger, hebt es in die Luft und kippt es in einem Zug runter. Alle anwesenden sind sprachlos. Erneut wird das Gläschen vor Liam gefüllt, erneut leert er es in einem Zug. Nach weiteren Schotts traut sich Liam endlich nach hinten zu sehen. Und was er sieht bringt ihn zum Grinsen, das ist der Mann von der Treppe. Der Mann fragt etwas auf Russisch, worauf Liam so gut es geht antwortet, doch die Müdigkeit und der Alkohol lässt grüssen. „Wollt ihr auch?", übersetzt Liam die Frage des Russen. Begeistert nicken alle, woraufhin der Fremde ein Tablett mit sechs weiteren Gläsern holt.

„Wir sollen lang hicks langsam gehen.", lallt Loren, dabei stützt er sich an Liam. Zustimmendes Gemurmel geht durch die Runde, doch wirklich gut gehen kann niemand mehr. Taumelnd stützen sich die Jugendlichen an den Wänden ab. Liam der normalerweise nicht jedes Wochenende trinkt, hat am meisten Mühe sich fortzubewegen, daher fragt er den Russen, ob er ihn nach oben trägt. Lachend hebt er den zierlichen Jungen hoch, nimmt Loren den Zimmerschlüssel ab, begleitet die Jungen nach oben in ihr Zimmer. Dabei legt er Liam vorsichtig auf dem grossen Bett ab, deckt ihn zu, stellt ihm ein Glas Wasser hin und verabschiedet sich. Liam jedoch ist bereits auf der Treppe, angelehnt an seine Brust, eingeschlafen.

„Ah! Mein Kopf.", mault Loren als er erwacht, daraufhin weckt er Liam und Jace, die beide ebenfalls heftige Kopfschmerzen haben. „D-Danke fürs Wasser.", nuschelt Liam verschlafen. „Und hochtragen.", fügt er hinzu. „Das war dieser Typ, nicht wir. Bedank dich bei dem.", meint Jace, der sich die Augen ausreibt. „Bin duschen.", informiert Loren. „Aber ich muss mal.", jammert Liam kaum fällt die Badezimmertür ins Schloss. „Pissen?", fragt Jace. Nickend schaut Liam zu Jace, der sich gerade umzieht. „Dann geh einfach rein." „A-Aber Loren ist da drin und duscht." „Na und? Schau einfach nicht hin, wenn`s dich stört oder mach dich bemerkbar, dann dreht er sich weg." Zögernd klopft Liam an die Tür. „Mh?", kommt es von der anderen Seite. „Darf ich auf Toilette?" „Klar komm rein, es ist nicht abgesperrt.", meint

Loren. Das Plätschern des Wassers wird lauter, als Liam die Tür öffnet. „Wer war der Typ von gestern?" fragt Loren nach einer unangenehmen Stille. „Ähm keine Ahnung. Er hat mich gestern auf der Treppe abgefangen, als ich stolperte. Das ist alles was ich weiss.", gesteht Liam. „Willst du auch duschen? Ich bin gleich fertig.", mit diesen Worten öffnet Loren die Duschkabine, tritt Splitter Faser Nackt ins Bad, nimmt sich ein Duschtuch, reibt sich damit trocken und legt es schlussendlich um seine Hüften. Kaum ist Loren weg, entledigt Liam sich seiner Klamotten. Blaue Flecken zieren seinen Körper, einige Narben und dunkle, runde Verfärbungen.

Geniesserisch lässt Liam das Wasser über seine Haut rinnen, gerade als er aus der Dusche steigt, fällt ihm eine Gestalt vor dem Spiegel auf, die ihn mustert. Schnell schlingt er ein Handtuch um seinen Körper. „Woher hast du all die Verletzungen?", fragt Jace interessiert nach. „Einige von dir und Loren und die anderen gehen dich nichts an.", erläutert Liam. Selbst Loren entgehen die Verletzungen nicht, aber er fragt nicht nach, da er Jace die Frage bereits stellen hörte.

Der Morgen vergeht verhältnismässig schnell. Nach dem gemeinsamen Mittagessen, entlässt Light die Jugendlichen aus seiner Obhut. Sofort bilden sich Gruppen. Während die Mädchen shoppen gehen, wollen Dylen, Tim und Nero in einen Gameladen, doch Jace und Loren haben etwas anderes mit Liam vor. „Geht schon mal vor Jungs, wir kommen in einer Stunde nach.", meint Loren nur. Allgemeines nicken, dann trennen sich die zwei dreier Gruppen auch schon.

„Wir gehen Eis essen.", stellt Jace fest. Nickend führt Liam sie zu einer Eisdiele. Erst sprechen sie über alltägliche Dinge wie Hobbys, Familie und solche Dinge, aber dann lenken sie das Gesprächsthema immer mehr auf Liam. „Wieso seid ihr heute so nett zu mir, ja beinahe besorgt?", fragt Liam nun, da es ihm zu suspekt wird. „Gestern Abend war super und wir dachten wir könnten das jeden Abend so machen, da du deren Sprach hier sprichst, sollte das nicht so ein Problem sein. Und uns beunruhigen deine Verletzungen, klar haben wir dich geschlagen und so, aber nie ernsthaft verletzt, also wer war das?" „Also seid ihr nur nett zu mir, damit ich euch Alk besorge?", kombiniert Liam niedergeschlagen. Eine freudewelle breitete sich in ihm aus, als Loren, meinte es war schön, aber da sie nur nett zu ihm sind um weiterhin trinken zu können, fällt seine glückliche Stimmung in den Keller. „Nein Liam. Wir machen uns wirklich sorgen um dich, ich mehr als Loren, aber selbst er macht sich Gedanken. Also was ist los?", hackt Jace nach, dabei benutzt er seine fürsorgliche Stimme, welche er auch immer bei seiner kleinen Schwester benutzt. „Ich bin tollpatschig und verletze mich halt häufig. Können wir über etwas anderes Sprechen?", blockt Liam ab. Nach weiteren Versuchen geben Jace und Loren auf.

Den restlichen Nachmittag verbringen die Jungen damit Games in einer Spielhalle zu spielen. Gegen Lose, die aus den Automaten kommen, tauschen sie sich am Ende Feuerzeuge und Kleinigkeiten ein. Ausgelassen marschieren sie zurück zu ihrem Hotel, wo Light auch schon wartet. Er streicht alle Jugendlichen von einer Liste ab, welche das Hotel betreten haben. Lachend trennen sich die Jungen um sich in ihren Zimmern etwas auszuruhen. Kaum ist die Tür hinter Jace zu, drängt Loren Liam dazu über seine Verletzungen zu sprechen. „Lass mich Loren, ich will nicht!", protestiert Liam lauthals. „Lass ihn Loren, er sagt es uns schon, wenn er das Bedürfnis dazu verspürt und bis dahin, sollten wir ihn nicht mehr zwingen.", mischt Jace sich ein. „Wenn du meinst.", schulterzuckend lässt Loren von Liam ab.

Nach dem Abendessen steigen die Jungen die Treppe hinauf zu ihrem Zimmer. Als sich Loren umzieht, klopft es an der Zimmertür. „Wehe, das ist Julia oder Samira oder sonst so eine Tusse!", flucht er leise vor sich hin. Doch als er die Tür öffnet, steht ein grossgewachsener Mann davor. Nach einigen Sekunden erkennt Loren ihn wieder. „Liam für dich. Dein russischer Freund." Die Beiden unterhalten sich, dann bittet Liam ihn hinein. „Wollt ihr feiern gehen?", übersetzt Liam eine Frage des Mannes. „Klar wieso nicht. Frag den Typen mal wie er heisst.", entgegnet Loren. „Er heisst Sergio, er nimmt uns mit in einen richtigen Club. Wir sollen in zwanzig Minuten unten in der Lobby sein.", informiert Liam, dann plappert er weiter auf Russisch.

Loren sowie Liam sind bereits nach zehn Minuten fertig, nur Jace weigert sich, sich fertig zu machen. „Los mach jetzt Jace, sonst kommen wir zu spät und der Typ geht ohne uns." „Soll er doch! Ich bin müde und mag jetzt nicht feiern gehen, also geht allein!", patzt Jace herum. „Von mir aus dann bleib halt hier.", versucht es Loren mit umgekehrter Psychologie, allerdings hilft es nicht. Daher schleichen sich nur Liam und Loren aus dem Zimmer. Wie abgemacht wartet Sergio unten in der Lobby.

Da Liam mit beiden sprechen kann oder übersetzten, spielt er Dolmetscher. Es geht um Fragen wie: „Wieso ist ein Club an einem Dienstag offen. Kommen Sie aus der Gegend. Was tun sie Beruflich", und so weiter. Sergio beantwortet jede von Liam und Lorens Fragen geduldig, bis sie vor einer bewachten Tür stehen bleiben. Sergio geht zu den beiden Wachmännern hin und spricht mit ihnen, dabei schaut er ab und zu, zu den beiden frierenden Jungen hinüber, bis er sie dann zu sich winkt. „Wir dürfen rein, müssen uns aber einen Stempel aufdrücken lassen. Verwundert, dass der Stempel nicht farbig ist, sondern mit einer Farbe, die unter ultraviolettem Licht leuchtet, machen sich die drei auf in den Club. Drinnen herrscht reges Treiben. Leichtbekleidete Frauen servieren Drinks, während die Oberkörperfreien Barkeeper

Getränke mischen. „Du Loren. Sag mal was ist das für ein Club?", fragt Liam scheu. „Was weiss ich? Frag deinen Freund!" Gesagt getan.

„Anscheinend ist das hier normal, Sergio meinte, wir sollen uns keine Sorgen machen. Wenn wir etwas trinken wollen sollen wir es ihm sagen, er besorgt es uns dann." „Du Liam sag mal, hast du dir auch schon Gedanken darüber gemacht, weshalb der Typ so nett zu uns ist? Immerhin kennt der uns nicht und wir sind noch minderjährig und so…" „Als ob uns Sergio etwas tun würde. Du hast zu viele Filme gesehen Loren. Entspann dich!" Aber um sicher zu gehen, fragt Liam Sergio ob er eine Gegenleistung will. „Ähm du Loren? Ich habe Sergio gefragt was er von uns will, so als Gegenleistung und er meinte dann, dich." „Wie mich?", entsetzen spiegelt sich auf seinem Gesicht. „Er will von dir eine Gefälligkeit." Da Lorens Gesichtszüge langsam aber sicher entgleisen, lacht Liam herzhaft. „Verarscht!", grinst Liam. Doch die Erleichterung die Loren verspürt ist echt. „Tu sowas nie, nie wieder!", faucht Loren.

Plötzlich wird dir Tür aufgerissen, etwas klackt auf dem Boden, bevor alles voller Rauch ist. Taschenlampenstrahlen sind alles was man erkennen kann. Sofort krallt sich Liam an Lorens Arm fest. Ihnen beiden werden Handschellen angelegt, bevor sie aus dem rauchigen Innern auf die Strasse gestellt werden. „Sie wollen unsere Ausweise sehen.", übersetzt Liam für Loren die Worte eines Polizisten. Ohne zu zögern zückt Loren seinen Pass, streckt diesen dem Mann entgegen, der ihn Loren aus der Hand reisst. Liam tut es Loren gleich. „Wir werden mitgenommen auf eine Polizeiwache, dort werden uns dann Fragen gestellt, danach können wir hoffentlich zurück in unser Hotel.", übersetzt Liam leise. „Fuck!", meint Loren augenverdrehend.

„Anscheinend war das ein bisschen ein illegaler Club, in dem wir waren. Und deshalb werden wir anscheinend angeklagt, allerdings werden wir nur vor das Jugendgericht gestellt. Daher sollte das Urteil nicht allzu schlimm ausfallen.", nuschelt Liam möglichst unschuldig. „Bitte was?! Wann ist der Termin?" „In zehn Minuten, da wir auf frischer Tat ertappt wurden, müssen wir beinahe auf

Schuldig plädieren und die Strafe hinnehmen. Daher brauchen wir keinen Verteidiger.", erklärt Liam. „Was geschieht schlimmstenfalls?", fragt Loren unsicher nach. „Keine Ahnung.", gesteht Liam.

Diese zehn Minuten ziehen sich wie Kaugummi in der Sonne, sie wollen einfach kein Ende nehmen. Dann endlich kommt ein Beamter, um die Beiden aus ihrem Leid zu erlösen. Sie werden in einen kahlen Raum geführt, ein ausgeschalteter Fernseher auf einem Tischchen steht. Der Beamte schaltet den Fernseher ein, daraufhin taucht ein Bild von einem Gerichtsaal auf. Ein Mann starrt in die Kamera, erst jetzt bemerkt Loren die Kamera auf dem Fernseher, also wird ihm ebenfalls ein Bild übertragen. Liam plädiert für beide für schuldig. Nach wenigen Minuten fällt der Richter ein Urteil. Es lautet: „Drei Wochen Erziehungslager für Jugendliche." Als Liam das Urteil hört, schluckt er leer, bevor er es Loren übersetzt. „Eine Erklärung folgt vom Richter, bevor der Fernseher ausgeschaltet wird. „Was hat er gesagt?", will Loren wissen. „Er meinte nur, dass er ein hartes Strafmass wählte, weil wir nicht denken sollen, dass es in Ordnung sei in einem fremden Land Unfug zu treiben." „Wann wird das Urteil vollstreckt?" Bevor Liam antwortet, fragt er den Beamten etwas. „Wir können Freitagabend einrücken, das heisst wir müssen Freitagabend um sechs wieder hier sein." „Gut. Zum Glück haben wir nach dem Lager gleich drei Wochen Ferien. Ich muss nur noch meine Mom überzeugen mich drei Wochen länger in Russland zu lassen.", denkt Loren laut.

Rechtzeitig zum Frühstück kommen Loren und Liam im Hotel an. Jace entgeht natürlich nicht, dass die Beiden die ganze Nacht weg waren und jetzt so still sind wie nie zuvor. Auf dem Zimmer fragt er sofort: „Was ist passiert?" Loren erzählt Jace alles Haarklein, während Liam sich in den Boden schämt. „Was wirst du deiner Mutter sagen?" Schulterzucken ist die Antwort. „Na gut ich helfe dir mein Freund. Also Liam ist doch halb Russe, daher könntest du einfach behaupten, dass du mit ihm zu seinem Onkel gehst und die Ferien hier verbringen willst. Und damit deine Mom auch wirklich nichts dagegen hat, erwähnst du etwas von wegen Kultur kennen lernen und bla bla bla.", ergänzt Jace. „Das klingt grossartig, danke Jace." Sofort greift Loren sein Handy und ruft Zuhause an um den eben gehörten Plan in die Tat umzusetzen. Erst ist seine Mutter überhaupt nicht begeistert, aber als Loren von dem kulturellen Gut erzählt, wird sie allmählich weich, dann reicht Loren das Handy auch noch Liam der das Blaue vom Himmel lügt. „Gut das wäre geschafft, jetzt müssen wir nur noch einen Russen finden, der sich als dein Onkel ausgibt und uns am Freitag hier abholt.", denkt Loren weiter. „Kein Problem, wir fragen einfach jemanden und bezahlen ihn dafür. Ich habe gesehen, dass hier in der Nähe, sich Männer für Geld verkaufen. Das könnte funktionieren.", meint Liam. Überrascht wann er denn sowas gesehen hat, schauen ihn Loren und Jace entgeistert an. „Was?!" „Ach nichts.", meint Loren um keinen Streit anzufangen.

Gegen Abend schleichen sich die drei in die Nacht hinaus. Ein Mann fällt ihnen sofort auf. Helle Haut, helle Haare und strahlend blaue Augen. Da Liam den Mann nicht ansprechen will, schubsen Loren und Jace ihn vor die Füsse des Mannes. Der wiederum etwas fragt, worauf Liam antworten muss. Nach einer kurzen Unterhaltung und ein paar Lachern, sowie einem bemitleidenden Grinsen, schlägt der Mann ein. „Er wird Freitagmorgen um acht im Hotel sein und uns mitnehmen.", bestätigt Liam.

Die restlichen Tage vergehen mal schnell mal weniger. Sie besuchen Museen, Spielhallen und andere Sehenswürdigkeiten.

## 2

Seit nun schon zweieinhalb Tagen liegen Loren und Liam ihrem Lehrer in den Ohren, dass Liams Onkel die Beiden am Freitagmorgen vom Hotel abholen kommt. Allerdings will dieser Lehrer kein Gehör dafür haben. Daher fahren sie nun härtere Geschütze auf. „Herr Light, wie wir Ihnen bereits seit Mittwoch versuchen verständlich zu machen, werden wir nicht mit euch an den Flughafen kommen, da wir hier abgeholt werden. Falls Sie damit ein Problem haben, was ziemlich offensichtlich ist, dann rufen sie doch bitte meine Mutter an! Sie wird es Ihnen bestätigen!", damit streckt Loren Herrn Light sein bereits wählendes Handy entgegen. Nach einem kurzen Telefonat, reicht Light Loren sein Handy. „Von mir aus, dann bleibt halt hier!" Jace umarmt Loren zum Abschied und wünscht ihm und Liam alles Gute.

Der Mann kommt tatsächlich pünktlich. Dabei trägt er einen Anzug, seine Haare sind zurückgelegt und ein kleiner Aktenkoffer rundet sein Erscheinungsbild ab. Der Mann klingt leicht gestresst, als Herr Light sich mit ihm unterhalten will, tut er so als ob ein Anruf ihn davon abhält. Ohne zu zögern, steigen Liam und Loren bei einem schwarzen Auto ein. Sie fahren zwei Strasse weiter, dann lässt der Mann den Wagen langsamer werden. Nachdem Liam den Mann das gewünschte Honorar gegeben hat, machen sich die Jungen zu Fuss auf den Weg zur Polizeiwache. „Der Typ hat das wirklich hervorragend gemacht.", schwärmt Loren. „Ja hat er.", bestätigt Liam. Gegen Mittag kommen sie bei der Wache an, da es noch zu früh ist, schlendern sie umher. An einem Imbiss machen sie halt und bestellen etwas Essbares. Um halb drei entschliessen sie sich dann zurückzugehen.

Ein grimmig aussehender Mann steht hinter dem Empfangstresen. Liam meldet sich und Loren an, woraufhin der Mann die beiden prüfend ansieht. Dann winkt er sie hinter sich her. Zusammen werden sie in eine Zelle gesperrt, neben an sind ebenfalls zwei junge Männer. Nur sehen diese Typen so aus, als würden sie hier hingehören.

Nach knapp einer Stunde kommt der Empfangsbeamte zu den Zellen. Er scheint unmotiviert zu sein, Zettel hängen aus einer Akte, welche er trägt, dann stürzt das Ganze zu Boden. Genervt seufzt der Mann, bevor er die Blätter zusammensammelt. Dann schaut er sich die Dokumente an, er stopft einige Formulare in die eine Akte und die anderen in die zweite Akte. „Wir müssen los.", meint Liam leise, dabei werden ihnen Hand-, sowie Fussfesseln angelegt. Um ihre Hüften wird eine Metallkette geschlungen, an der die Handschellen und Fussfesseln mit einer weiteren Kette befestigt werden. Eingeschüchtert folgen die Beiden dem Beamten zum Hinterausgang, dort wartet bereits ein Transporter.

Die Stunden vergehen, die Nacht zieht vorüber. Dann endlich wird der Transporter langsamer. Den Fahrer haben sie bisher noch nicht zu Gesicht bekommen, eben so wenig sonst einen Beamten. Zitternd rutschen die Jungen näher aneinander, damit sie sich gegenseitig wärmen können. Als die Türen aufgerissen werden, peitscht ihnen eisige Luft entgegen. Misstrauisch beäugt der Fahrer die beiden aneinander gekuschelten Jungen, zuckt dann aber mit den Schultern. Er gibt einige Befehle, welche Liam übersetzt. Schnell folgen sie allen Anweisungen, damit sie möglichst schnell in das Gebäude eintreten dürfen. Zwei weitere Beamte begleiten sie bis zu einem Büro, einer der Beiden hat einen Hund bei sich, der sich die Seele aus dem Leib bellt.

Nach einer kurzen Wartezeit werden die Jungen in das Büro gebeten, wobei ihnen sofort die karge Einrichtung ins Auge fällt.

Wie bisher übersetzt Liam Loren alles. „Wir werden gleich untersucht, danach werden wir von vier Beamten auf den Hof geführt. Dort werden wir dann in unsere zukünftigen Zellen eingeteilt. Das heisst wir müssen uns vor jede Zelle stellen, es sind insgesamt acht Zellen im Hof, damit uns die Gefangenen ansehen können. Falls ein Inhaftierter ein Problem mit uns haben sollte, kommen wir garantiert nicht in diese Zelle, es sei denn alle haben mit uns ein Problem. Ach, und wir werden getrennt. Wir werden getrennt?", schock steht in Liams Augen, daher fragt er bei dem Direktor nach. Doch dieser bestätigt seinen Satz nur. Erneut spricht Liam mit dem Mann, so dass Loren nichts versteht. Genervt lehnt er sich gegen die Stuhllehne. „Wir müssen nochmals raus und warten. Anscheinend ist etwas schiefgelaufen bei unserer

Überstellung. Irgendwas mit Aktennummern."
Seufzend machen sich die Beiden erneut auf in
den Flur um dort in Eiseskälte zu warten. Die Minuten verstreichen.

Endlich öffnet sich die Tür erneut. Direktor I-
wanow winkt die Beiden zu sich. „Es ist etwas
falsch gelaufen mit unserer Überstellung, wir sollten eigentlich in der Nähe von Moskau sein, aber
nun sind wir etwas mehr als 800 Kilometer entfernt. Warte was?" Iwanow spricht seelenruhig
weiter, während Liam die Farben wie ein Chamä-
leon wechselt. Loren der es nicht mehr aushält,
rüttelt Liam und zwingt ihn ihm ins Gesicht zu sehen. „Was zum Teufel ist hier los?" „W-Wir…
Hochsicherheitsgefängnis… hier… bleiben.", stottert Liam vor sich hin. „Scheisse Liam reiss dich
zusammen! Was hat der Typ da gesagt?", dabei
zeigt er auf Iwanow. Gegen die annähernde Pani-
kattacke schnaufend, erklärt Liam: „Wir sind hier
in Syktykar, etwas mehr als 800 Kilometer weit
von Moskau weg. Das hier ist ein Hochsicherheitsgefängnis für Russlands Schwerverbrecher. Die
Insassen hier werden nie wieder frei sein Loren,
verstehst du was ich dir damit sagen will? Und
wir werden die drei Wochen mit denen hier leben

müssen und dass getrennt!", kaum endet Liams Erklärung atmet er nur noch stossweise. „Es sind nur drei Wochen Liam, reg dich ab! So schlimm kann das gar nicht werden.", muntert Loren ihn auf, dabei streichelt er ihm über den Rücken, darauf bedacht, dass er ihm mit den Handschellen nicht weh tut.

„Wir müssen zur Untersuchung.", flüstert Liam. Zwei Beamte führen sie zu einem kleinen Raum. Darin steht nichts ausser einem kleinen Stehtisch. Einer der Beamten zieht Liam in die Mitte des Raumes. Während er sich ausziehen muss, werden ihm Fragen gestellt. Anscheinend sehr unangenehme, da Liams Gesicht ständig von rot zu weiss wechselt. Dann endlich darf er sich die Insassenkleidung anziehen. Rosarot. Nun kommt Loren dran. „Ich werde dir die Fragen übersetzen, allerdings bitte ich dich nicht ins Detail zu gehen, wenn du nicht einfach mit nein antworten kannst." „Ähm OK." „Gut dann zeih dich aus." Die ersten Fragen gehen um das Körperliche, wie gross er ist, wie schwer, Allergien und solche Dinge, dann kommen die Gesundheitszustandsfragen und zum Schluss noch Fragen zu gewissen Ängsten. Bei denen stockt Loren, er wird gefragt auf einer Skala von eins bis zehn, wie beängstigend er Kannibalen findet, Kinderschänder, Mörder, Vergewaltiger und dergleichen. „Wieso fragen die so etwas?", will Loren nun wissen. Nachdem Liam es übersetzt und der Wachmann geantwortet hat, steht Liam nun zitternd im Raum. „Weil wir mit solchen eingesperrt werden.", meint Liam monoton.

Mit einem unangenehm flauen Magen folgen die beiden Jugendlichen den Beamten. Bevor sie auf den Hof geschickt werden, erhalten sie noch einen warmen Mantel. Da Loren kein Wort versteht, darf er mit Liam auf den Hof, so dass er ihm alles Übersetzten kann. Auf dem Hof stehen wie von I-wanow angekündigt acht Zellen, mit einem bis fünf Häftlingen darin. Alle mustern die Beiden gründlich. Liam wird ab und zu etwas gefragt oder fragt selbst etwas. Bis sie zur letzten Zelle kommen, wo nur ein Mann darinsitzt. „Wie ich höre sprecht ihr Deutsch zusammen. Seid ihr von dort oder wollt ihr nur nicht, dass die anderen euch verstehen?", fragt die raue, tiefe Stimme aus dem Zelleninnern. Liam weicht erschrocken zurück, als er den Mann erkennt, der selbst in Deutschland in den Nachrichten lief. Doch Loren bleibt gelassen stehen, lehnt sich gar zum Gitter vor. „Wir sind Deutsche und ich bin heil froh, versteht mich noch Jemand ausser Liam.", grinst Loren. „Und wie ist dein Name Junge?" „Loren und du bist?" „Andrej Jaroslav." Bei seinem Namen klingelt etwas in Lorens Kopf, aber er weiss nicht genau was es ist, daher ignoriert er seine innere Stimme gekonnt. Die zwei sprechen noch etwas zusammen, bis Iwanow sie zu sich ruft.

Erneut sitzen Loren und Liam vor dem Büro im kalten Flur und warten auf deren Entscheidung. Als die Tür dann endlich aufspringt, hat Liam Loren erzählt, weshalb er bei der letzten Zelle so reagiert hat. Dieser Mann hat über dreizehn Jugendliche getötet die Loren nicht unähnlich sehen. Nun dämmert es auch ihm. Doch Iwanows Stimme reisst ihn aus seinen Gedanken. „Du kommst zu Jaroslav und ich zu Romanov.", übersetzt Liam beinahe zeitgleich. „Fuck! Bitte nicht.", jammert Loren, doch Iwanow schickt sie in ihre Zellen.

„Wenigstens liegen unsere Zellen nebeneinander. Vielleicht können wir so miteinander Sprechen oder uns Nachrichten schicken.", nuschelt Liam der die Wachen belauscht. Doch als sie bei Liams Zelle ankommen wird schnell klar, dass sie nicht miteinander Nachrichten austauschen können. Denn die Wand ist beinahe einen halben Meter dick. Auf beiden Seiten der Mauer hat es Türen, die äussere aus Metall, die Innere vergittert. Dann kommt ein Zwischenraum von erneuten fünfzig Zentimeter, um erneut eine vergitterte Wand, die Zellenwand, zu sehen. Romanov muss sich an die gegenüberliegende Gitterfront stellen, welche ebenfalls mit einem Durchgang von fünfzig Zentimeter von der äusseren Steinmauer entfernt ist. Liam befolgt jeden Befehl, daher ist er schnell in der Zelle und Loren ebenso schnell vor seiner. Die Metalltür wird mit einem quietschenden Geräusch geöffnet. Der Gefangene stellt sich mit dem Gesicht zur gegenüberliegenden Gitterfront, beugt sich vor über, streckt die Arme durch und wartet in dieser Position. Loren sträubt sich in die Zelle hineinzugehen, daher wird er von einem der Wachen geschubst, so dass er auf den Knien mitten in der Zelle sitzt. Die beiden Gittertüren werden schnell wieder geschlossen, dann noch die Metalltür, doch Jaroslav bewegt sich nach wie vor nicht. Erst als einer der Beamten zwei Mal gegen die Metalltür klopft, stellt er sich aufrecht hin. Sofort begutachtet er seinen neuen Zellengenossen.

„Stell dich hin Junge! Ich will sehen, was mir die Beamten in meine Zelle geschubst haben." Unsicher, mit zitterndem Leib, stellt sich Loren aufrecht hin, den Kopf gesenkt. „Sieh mich an Junge!", unsanft reisst Jaroslav Loren am Kinn, so dass er ihn ansehen muss. „Ah, du tust mir weh! Bitte lass los!" Doch Andrej denkt nicht einmal daran den Jungen in Ruhe zu lassen. „Wo darf ich schlafen?", fragt Loren nach der eher unschönen Begrüssung. Andrej zeigt auf das obere Bett, lässt Loren aber nicht an sich vorbei. „Da du nicht mehr so gesprächig bist wie auf dem Hof, nehme ich an, dass dir dein kleiner Freund erzählte wer ich bin?" Nickend bestätigt Loren seine Vermutung. „Oh armer Junge. Und dennoch musstest du zu mir?", spottet der Russe. Erneutes nicken. „Stell dich vor und nenn mir den Grund weswegen du hier bist! Dann lasse ich dich vielleicht heute noch in Ruhe." „A-Also ich bi-bin Loren J-Jonson…" „Nein, nein, nein! Erst denken, dann sprechen. Ich will kein gestotterte hören! Also noch mal von vorn!", stoppt Andrej ihn. „`Tschuldige. Mein Name ist Loren Jonson, gehe in die elfte Klasse, treibe gerne Sport, unternehme gerne was mit Freunden und was noch? Mh… ach ja, ich sollte nicht hier sein, sondern in einem Erziehungslager für drei Wochen, aber dieser beschissene Beamte hat mich und Liam mit Schwerverbrechern wie dir verwechselt! Und nun stehe ich hier!", gegen Ende hin wird Loren immer ungehaltener. „Das ist alles schön und gut, aber du hast meine Frage nicht beantwortet.", meint Andrej überheblich. Loren lässt Andrejs Worte Revue passieren, dann fügt er seiner Erzählung zu: „Dummerweise war ich in einem illegalen Club, als die Polizei kam." Schmunzelnd tritt Andrej Loren aus dem Weg, so dass er sich auf sein Bett legen kann.

## 3

Verschwitzt, laut atmend schreckt Loren aus einem Albtraum hoch. Kerzengerade sitzt er in seinem Bett, unter sich kann er die regelmäßigen Atemzüge von Andrej hören. Sonst herrscht Stille. Um sich zur Ruhe zu bringen, will Loren etwas trinken. Er springt von seinem Bett runter, geht zum WC, wo das Lavabo mit dem Spülkasten verbunden ist, dreht den Hahn auf. Doch dann hält er inne. Was ist, wenn das kein Trinkwasser ist, schiesst ihm durch den Kopf. Obwohl es neutral riecht und nicht komisch schmeckt, spuckt Loren das Wasser ins Lavabo.

Unsicher tapst er auf Andrej zu, welcher in der Zwischenzeit aufgewacht ist, aber so tut als ob er schliefe. Bevor er Andrej weckt, überdenkt er seine jetzige Lage nochmals. Da Loren ihn nicht wie erwartet wachrüttelt, dreht Andrej sich auf die rechte Seite, so dass er den Jungen anschauen kann, zumindest seine Konturen. Aber noch immer bewegt sich Loren nicht. „Steh nicht so dumm herum! Frag was du wissen willst, dann geh schlafen!", murrt Andrej müde, gefolgt von einem herzhaften Gähnen. „Ist das Trinkwasser?", hackt Loren nach, dabei zeigt er auf den Wasserhahn oberhalb der Toilette. „Worauf zeigst du?" „Waschbecken." „Dann nicht. Nimm dir eine Flasche vom Tisch.", erneutes Gähnen von Andrej begleitet seinen Satz. „Was willst du dafür?", fragt Loren nach, der in seiner Freizeigt gerne Krimi-Serien und Gefängnisdokumentation schaut. „Nimm oder lass es bleiben! Aber nerv mich nicht weiter, ich will schlafen!" Bevor Andrej wütend wird, schnappt Loren sich eine Flasche, klettert zurück auf sein Bett, um gierig die Flüssigkeit seine Kehle hinunter rinnen zu lassen.

Früh am nächsten Morgen, die Dämmerung setzt gerade erst ein, weckt Andrej Loren, indem er ihm den Rest des Wassers über den Kopf leert. Hustend, mit weit aufgerissenen Augen setzt Loren sich ruckartig auf. Kaum hat er sich gefasst, funkelt er Andrej böse an, der ihm ein nettes Lächeln schenkt. „Guten Morgen mein kleiner Loren. Hast du gut geschlafen?". Frohlockt Jaroslav neben Lorens Bett. „Ja bis eben!", zischt Loren. Gerade als Andrej etwas erwidern will, schlägt Jemand gegen dir Tür. Wie am Vortag, als Loren zu ihm in die Zelle gebracht wurde, stellt sich Andrej an die gegenüberliegende Gitterfront, beugt sich vorn über und streckt die Arme aus. Die Türe wird geöffnet, zwei Beamte kommen in den Zwischenflur. Einer fragt etwas auf Russisch, worauf hin Andrej eine kurze Antwort gibt. Langsam marschiert Andrej rückwärts auf die Wachen zu. Am Gitter angekommen, streckt er seine Hände durch, damit ihm Handschellen angelegt werden können. Nun wird die Tür geöffnet, um ihm Fussfesseln anzulegen, dann drehen sich die Wachen zu Loren, der dem ganzen Schauspiel interessiert folgt.

Als einer der Männer zu ihm kommt, legt er die Arme automatisch auf den Rücken. Doch der Uniformierte deutet ihm mit seinen Händen an, dass er will, dass Loren seine Hände vor den Körper nimmt. Langsam folgt er dem Beispiel des Mannes. Kaum sind seine Handgelenke nahe genug aneinander, werden ihm auch schon Handschellen angelegt. Während Andrej in seiner geduckten Haltung von einem Wachmann geleitet wird, marschiert Loren einfach nach, gefolgt vom zweiten. Im Flur, vor der Zelle, wartet ein weiterer Mann mit einem Hund, der sobald er Andrej sieht, sofort zu bellen beginnt.

Nachdem sie zwei langgezogene Gänge durchquert haben, lässt der Uniformierte sie stoppen. Er nimmt einen Mantel vom Hacken, legt ihn Andrej über den Rücken, bevor er einen zweiten nimmt und diesen Loren in die Finger drückt. Kaum stösst er die Tür zum Hof auf, umgibt sie Eiseskälte. Wie bei den Zellen, ist im Innern des Hofes, welcher ganz ummauert wurde, ein Maschendraht gezogen. Andrej wird in einen kleinen Verbindungkäfig gesperrt. Dort werden ihm Hand- und Fussfesseln abgenommen. Bevor Loren in den Käfig gehen darf, muss Andrej diesen verlassen. Kurz darauf stehen die Beiden, mit den anderen Häftlingen auf dem Hof. Fieberhaft sucht Loren nach Liam, doch er kann ihn nirgends finden. „Seine Zelleneinheit wird erst in zehn Minuten kommen.", meint Andrej, dem das herum Gerenne von Loren nervt. „Ach und noch was, du solltest in meiner Nähe bleiben." „Wieso sollte ich?", fragt Loren misstrauisch nach. „Siehst du den Turm da?", Andrej zeigt auf einen unübersehbaren Turm am Rande des Hofes. „In diesem Turm sind zwei Wachen, die jeweils eine Waffe tragen. Wenn sich Zellengenossen zu weit voneinander trennen, feuern sie einen Warnschuss ab. Der zweite, nach knapp einer halben Minute, wird dann ein Körpertreffer." Leer schluckend nähert sich Loren Andrej, bis er ihn beinahe berührt. „Wie wissen die Männer da oben, wer zu wem gehört?" Andrej kann Lorens Angst aus dieser Frage heraushören. „Schau dich um, dann sag mir welchen Unterschied du siehst.", fordert Jaroslav ihn auf. Er mustert jeden einzelnen Gefangenen, dann fällt ihm etwas auf. „Die Mäntel. Jeder Mantel hat ein andersfarbiges Viereck auf dem Rücken." „Sicher?" „Ja, also es gibt immer zwei gleiche Farben.", korrigiert Loren seine Aussage.

Dann endlich sieht Loren den hellblonden Kopf seines Kameraden. Ohne nachzudenken, marschiert Loren auf Liam zu, nur folgt Andrej nicht. Ein ohrenbetäubender Knall lässt Loren stillstehen. Einer der Männer vom Turm brüllt etwas in den Hof, allerdings versteht Loren es nicht. Der andere legt die Waffe an, zielt auf ihn. Schnell rennt Loren zurück zu Andrej, der ihn grinsend anschaut. „Du Arschloch! Die hätten auf mich geschossen!", brüllt Loren Andrej an, dabei schubst er ihn. Erneut löst sich ein Schuss. „Das können wir in der Zelle klären, hier wird Gewalt mit Gewalt gelöst."

„Könnest du bitte mitkommen?", fragt Loren so freundlich er nur kann. Lachend marschiert Andrej voran auf den blonden Jungen zu. Als Liam bemerkt, dass Andrej auf ihn zukommt, stellt er sich hinter Romanov. Obwohl sich Romanov aufbaut, um Liam zu schützen, senkt er seinen Blick, damit Andrej sich nicht angegriffen fühlt. Die Beiden wechseln ein paar Worte, während Loren geduldig hinter Andrej wartet. „Auf was wartest du?", fragt der Russe auf einmal. „Ähm.", entweicht ihm, dabei fühlt er sich ziemlich dumm. Um die peinliche Reaktion zu tarnen, tritt er hinter Andrej hervor, geht auf Liam zu, den er herzhaft in die Arme schliesst. „Bin ich froh dich zu sehen!" Unsicher legt Liam seine Arme ebenfalls um Loren. „Was ist passiert?", will der Blondschopf wissen. „Was meinst du?" „Du umarmst mich… Bis vor ein paar Tagen hast du mich gehasst und nun hängst du an mir wie ein Affenbaby an seiner Mutter." Sofort lässt Loren von dem Kleinen ab. „Ich hasste dich nicht. Du hast dich nur nie gewehrt…", verteidigt Loren sein früheres Handeln. Nickend schaut Liam zu Loren hinauf. Die Beiden quatschen über dies und jenes. Wie gut sich Liam mit Romanov versteht und was alles bei Andrej und Loren vorgefallen ist. Als eine Sirene ertönt, machen sich die ersten zwei Gefangenen auf den Weg zum Verbindungskäfig. Bis Loren gehen muss, reden die beiden noch miteinander. Mit einer kurzen Umarmung trennen sie sich.

Zurück in der Zelle, packt Andrej Loren am Kragen, drückt ihn gegen die vergitterte Front. „Wage es nicht noch einmal so respektlos zu mir zu sein wie auf dem Hof!", zischt Andrej bedrohlich. Doch Loren verzeiht sein Gesicht zu einer eiskalten Fratze. Grinsend mustert er den wütenden Mann vor sich. Ohne nachzudenken spuckt er ihm ins Gesicht. Eine schallende Ohrfeige lässt seinen Kopf auf die rechte Seite fliegen. Überrascht von der Wucht, prescht der Schmerz durch seinen Körper. Es dauert einige Sekunden bis Loren begreift, dass Andrejs Hand nicht an seiner Halsbeuge ist, sondern ihm die Luft abschnürt. Japsend legt er seine Hände auf Andrejs Arm, um seinen Griff zu lockern. Erfolglos. Kurz bevor der Junge sein Bewusstsein verliert, lässt der Druck nach. Röchelnd saugt Loren so viel Luft in seine

Lungen wie er kann, dabei lässt er sich auf die Knie gleiten. „Arschloch!", flucht Loren leise, doch nicht leise genug. Mit festem Griff packt Andrej Loren an den Haaren und reisst ihn mit einem Ruck auf die Füsse. „Ah fuck!", stöhnt der Braunhaarige unter Schmerzen. „Wie bitte?", fragt Andrej zuckersüss nach. „Ich sagte: Arschloch, du elender Bastard!", presst Loren zwischen zusammengebissenen Zähnen hervor. Lachend lehnt Andrej sich zu Loren vor. „Bist du mutig oder nur unglaublich dumm?", raunt er ihm zu. „Werder noch, ich bin einfach gnadenlos ehrlich!", meint Loren überheblich. Um dem Jungen zu zeigen wer in dieser Zelle das sagen hat, ballt Andrej seine Hände zu Fäusten. Gezielt schlägt er Loren einige Male, bis dieser schreiend zusammensackt. „Das ist erst der Anfang.", droht der Russe noch.

Zusammengekauert bleibt Loren in der Ecke sitzen, in der Andrej ihn zurück lies, bis dieser einschläft. Vorsichtig hievt er sich auf, um anschliessend auf sein Bett zu klettern. Egal wie er sich hinlegt, schmerzt ihm sein Körper.

Unsanft weckt Andrej ihn. „Aufstehen!" Wiederwillig folgt Loren dem Befehl, da er es nicht riskieren will erneut geschlagen zu werden. Es klopft an der Metalltür. Eine Klappe wird geöffnet, dann ertönt eine tiefe männliche Stimme. „Willst du essen?", fragt Andrej Loren der die Frage nicht verstanden hat. „Ja." Zwei Schüsseln und je eine Scheibe Toast wird reingereicht. Loren schaut sich die Pampe misstrauisch an. Es ist eine graubraune, schleimige Suppe. Um sich zu vergewissern, dass dieses Zeug essbar ist, riecht er daran, verzieht das Gesicht aber sogleich. Während Andrej das schleimige Etwas herunterschlingt, stochert Loren lustlos darin herum. „Iss!" Sofort stellen sich die Nackenhärchen von Loren auf, als er die Kälte in dieser Stimme wahrnimmt. „Wie? Ich habe keinen Löffel.", murrt Loren um das bevorstehende hinauszuzögern. Doch Andrej macht ihm einen Strich durch die Rechnung, indem er ihm seinen Löffel entgegenstreckt. In Zeitlupe schiebt Loren sich den ersten Löffel in den Mund, den er jedoch gleich wieder ausspuckt. „Bäh! Wie kannst du das nur Essen?" „Man gewöhnt sich daran. Und jetzt iss!" Erneut schiebt er sich den Löffel in den Mund, dem drang wiederstehend das Zeug auszuspucken, schluckt er es. „Bist du eine gläubige

Person?", fragt Andrej aus dem nichts. „Nein und
du?" Lächelnd nähert sich Andrej Loren, der bis
an die Gitterstäbe zurückweicht. „Was glaubst
du? So viele wie ich tötete komme ich eh nicht in
den sogenannten Himmel, das Paradies wird auf
immer verschlossen sein, also muss ich auch nicht
auf die Knie fallen und so tun als ob!" „Wirst du
mich …?", Loren kann den Satz nicht vollenden,
da Andrej ihm noch näherkommt. Ihre Nasenspit-
zen berühren sich beinahe. „Nein, weil mich sonst
die Wärter lynchen. Sie warten nur darauf einen
Grund zu finden um mir eine Kugel in den Kopf
zu jagen. Was denkst du weshalb gerade du in
meiner Zelle stehst." Schulterzuckend tut Loren so
als ob ihm dieser Gedanke noch nicht gekommen
wäre. Erneut liegt Andrejs Hand auf Lorens Hals,
nur diesmal drückt er nicht zu, was Loren beinahe
um den Verstand bringt. Gerade als sich druck
aufbaut, klopft es wieder an der Tür. Wie zuvor
wird eine Klappe heruntergeklappt. Erneut wird
etwas auf Russisch gefragt, worauf Andrej nickend etwas sagt. Kaum ist der Mann weg, fragt
Loren: „Was wollte er?" „Fragen wie es mir
geht.", lügt Andrej.

Mehrere Stunden vergehen stillschweigend. Da Loren die Kraft nicht aufbringen konnte auf sein Bett zu klettern, sitzt er auf dem kalten Betonboden in einer Ecke. Das Gitter drückt ihm in den Rücken, daher verlagert er sein Gewicht so, dass die Stäbe mit seinen Rippen Kontakt haben. Zischend stösst er sich von dem Gitter weg.

„Schmerzen?", neckt Andrej belustigt. Anstatt zu antworten, zeigt Loren ihm den Mittelfinger. „Nicht sehr lernfähig.", entgegnet Andrej, als er sich erhebt. Automatisch hebt Loren seine Hände schützend vor den Körper. Als der schwarzhaarige vor ihm steht, beschleunigt sich seine Atmung. Dennoch steht Loren auf, immerhin will er nicht wie ein Schwächling wirken. Unsanft schubst Andrej den Jungen gegen die Gitterstäbe, bis dieser sich zischend nach vorn beugt. Die goldbraunen Augen des Russen funkeln erfreut, als er Lorens Leid sieht. „Dreh mir den Rücken zu, leg die Hände um die Gitterstäbe und bleib so stehen!", fordert der schwarzhaarige Loren auf. Doch dieser bewegt sich keinen Millimeter. Genervt drückt Andrej Loren auf seine verletzten Rippen, die gestern unter den Schlägen leicht knackten. „Ich verrate dir ein Geheimnis.", um die Spannung zu erhöhen, macht Andrej eine Kunstpause.

„Mein Vater ist Arzt und lehrte mir als Kind diverses aus seinem Beruf, so dass ich ihm helfen konnte. Daher weiss ich, dass deine Rippen angebrochen sind. Ich kann dich verletzen, so dass du wie ein Schlosshund heulst, aber daran nicht verreckst. Immerhin hatte ich genügend Übungsmodelle." Starr vor Angst schaut Loren dem Mann vor sich in die Augen. Zu seinem Glück wird die Metalltür aufgerissen. Wie ferngesteuert dreht Andrej sich zum Gitter, beugt sich vornüber, streckt die Arme aus, um sich dann Handschellen anlegen zu lassen.

Wie am Vortag marschiert Loren Andrej nach, der von einem Wachmann geleitet wird. Vor einer Tür bleiben sie stehen. Diese wird mit einem Schlüssel aufgesperrt. Im Raum dahinter befinden sich eine Dusche, ein kleiner Käfig und ein schmutziges Regal mit Tüchern darauf. Ebenfalls liegen neue Uniformen für sie bereit. Sofort stellt Andrej sich in den kleinen Käfig, das Gesicht zur Wand, damit er die Fesseln los wird. Loren werden sie einfach so abgenommen, immerhin droht von ihm keine Gefahr. Erst als die Männer ausserhalb des Duschraumes sind, tritt Andrej aus dem Käfig.

Unbesorgt streift er sich seine Kleidung vom Leib, dabei entgehen ihm die Blicke von Loren nicht. „Starr nicht!", reisst der Russe ihn aus den Gedanken. Röte steigt dem Jungen in die Wange, dennoch löst er seine Augen nicht von Andrejs muskulösem Oberkörper. Kleine Narben zieren seinen Körper, doch das eigentliche Interesse schenkt Loren einem Tattoo. Es zeigt ein Skelett, welches von blutigen Messern durchbohrt wird, selbst hält es eine Sense in den Händen. Andrej dreht sich weg von Loren, stellt die Dusche an, um sich darunter zu stellen. Ein tiefes Seufzen entkommt seiner Kehle, als er den neugierigen Blick von Loren auf dem Rücken fühlt. „Du starrst!", dabei dreht sich Andrej in seine Richtung. „Hat es weh getan?", fragt Loren ohne auf Andrej zu achten. Fasziniert beobachtet Loren das Sensenmann-Tattoo auf Andrejs linker Brustseite.

Schweigend streift nun auch Loren seine Klamotten ab. Kaum tritt Andrej unter der Dusche hervor, schleicht sich Loren unter das wohltuende warme Wasser. Sein Körper ist übersäht von blauen Flecken. Über seinen Rippen auf der rechten Seite ist die Haut ein wenig eingerissen, weshalb sich das Wasser leicht rötlich färbt. Da Loren mit dem Gesicht zur Wand steht und die Augen geschlossen hat, um das Wasser in vollen Zügen zu geniessen, pirscht Andrej sich an. Er schaut sich die Wunde an. Erst als seine Fingerspitzen den Jungen berühren, bemerkt er Andrejs Nähe. Vor Schock springt er in die Wand vor sich. „Spinnst du?! Schleich dich doch nicht so an!", seine Stimme klingt vorwurfsvoller als er wollte. „Lass mich deine Rippen anschauen, nicht, dass sich da was entzündet." „Was interessiert`s dich?", giftet Loren. „Du wirst keine ärztliche Hilfe erhalten und es könnte sich schlimm entzünden und das willst du doch nicht oder?" „Nein", gesteht er kleinlaut. „Gut dann zeig her." Wie gewünscht stellt Loren sich hin, damit Andrej an ihm herumdrücken kann. Ab und zu entweicht Loren ein schmerzhaftes Stöhnen. Grinsend geniesst der Ältere jeden Laut. „Ich werde dir in der Zelle etwas drauf tun, damit sollte es dann heilen." Zum Schluss drückt Andrej seine Fingerkuppe fest gegen den Rippenbogen, so dass Loren sich vor Schmerzen krümmt.

Wie in der Dusche versprochen, nimmt Andrej ein Gläschen unter seiner Matratze hervor und streicht Loren eine gelbweissliche, zähstreichbare

Paste auf die Verletzung, dabei muss Loren sich in Andrejs Bett legen. „Bleib liegen bis du dich wieder wohl fühlst.", meint Andrej, denn er hat Lorens würgen gehört.

## 4

Müde reibt sich Loren in den Augen, bevor er blinzelt. Erschrocken im unteren Bett aufzuwachen, sitzt er ruckartig auf, was ihm ein Leises knurren entlockt. Schnell lässt Loren seinen Blick durch die Zelle schweifen, aber Andrej ist nirgends zu sehen. Erleichtert stösst Loren die angehaltene Luft aus seinen Lungen. „Du klingst erleichtert. Wieso?" „Weil ich dachte du wärst nicht hier.", rutscht Loren raus. „Wo hätte ich denn bitte sein sollen?" Bei diesen Worten springt Andrej vom oberen Bett herunter. „Keine Ahnung." Führsorglich reicht Jaroslav dem Jungen auf seinem Bett eine Schüssel, welche er vom Tisch nimmt. „Hier iss das." Loren stochert in der Brühe herum, Gemüse taucht auf, um dann gleich wieder in der Suppe abzutauchen. „Glaubst du ich hätte es vergiftet?", scherzt Andrej Doch Loren schaut ihn nun missmutig an. „Gib her!", dabei reisst ihm der Russe die Schüssel aus den Händen, nimmt den Löffel, schöpft sich einen Bissen in den Mund, kaut und schluckt. „Siehst du, nicht vergiftet." Erleichtert probiert Loren nun die Brühe. Sie schmeckt besser als der Brei am Morgen aber immer noch grauenhaft.

Gähnend lehnt Loren sich gegen die Wand. Ein paar Minuten verstreichen. Da ihn die Müdigkeit packt, will er auf sein Bett klettern und schlafen, aber Andrej hält ihn am Arm fest. „Was glaubst du wo du hin gehst?" Zu erschöpft um zu sprechen, nickt Loren nach oben. „Vergiss es! Du bleibst in meinem Bett. Bevor du einschläfst, will ich deine Wunde nochmals sehen." Ohne darüber nachzudenken, streift Loren sein Shirt ab, legt sich hin und wartet bis Andrej ihm erneut schmerzen zufügt. Entgegen seiner Erwartung tastet der Russe seine Rippen sanft ab, beinahe zärtlich. „Es heilt.", stellt Andrej fest. Eingedöst bekommt Loren nichts mehr mit.

Früh am nächsten Morgen erwacht Loren, weil seine Blase ihn quält. Er muss dringen auf die Toilette, mag aber nicht aufstehen. Nach etlichen Minuten des Ausharrens gibt sich Loren geschlagen. Es ist ihm sehr unangenehm vor Andrej auf die Toilette zu gehen, selbst beim kleinen Geschäft ziert er sich. Doch es muss sein, sonst macht er ins Bett. So leise wie irgend möglich lässt er der Natur freien Lauf. „Wie fühlst du dich?" Ein leiser Schrei verlässt Lorens Kehle. „Musst du mich immer so erschrecken?!" „Ja und wie fühlt sich die kleine Prinzessin heute?" „Fick dich!" „Zickig. Hast du deine Tage bekommen?", stichelt Andrej weiter. „Leck mich Andrej!" „Was für ein Angebot …", denkt er laut. „Du bist so eklig Alter!" „Und du so unschuldig und rein. Ich wette du hast noch nie ein Mädchen gehabt." Volltreffer. Lorens Wangen färben sich rot. „Sagt die Schwuchtel!", gibt Loren zurück. Blitzschnell packt Andrej Loren an den Haaren, reisst ihn auf die Füsse um ihn zu schlagen. Doch das reicht ihm nicht. Mit einem Putzlappen verstopft der dunkelhaarige den Abfluss im Lavabo, dann lässt er es volllaufen, um Lorens Kopf unter Wasser zu drücken. Nach Leibeskräften wehrt sich Loren, doch Andrej ist um Welten stärker. Erst als Loren schlaf da hängt, fischt Andrej ihn aus dem Becken. Immer noch fuchsteufelswild schmeisst er den Körper auf den kalten Betonboden. Durch den Aufprall würgt Loren das Wasser aus. Mit letzter Kraft dreht er sich auf die Seite. Schützend zeiht der Junge Beine und Arme an den Körper heran. Es dauert nicht lange, da beginnt sein Körper vor Kälte zu beben. Nahezu mühelos hebt der Russe das zitternde Bündel hoch, legt es neben sich ins Bett. Automatisch kuschelt Loren sich an die Wärmequelle.

Durch klopfen an der Tür erwachen Loren und Andrej. Sein Arm liegt um den geschundenen Körper des Jungen. Dessen Kopf liegt auf Andrejs Brust, der eine Arm liegt auf dessen Bauch, während der andere an dessen Körper entlang gestreckt ist. Als sich Andrej aufrichten will, drückt Loren sich näher an ihn, dazu nuschelt er: „Nur noch fünf Minuten Maddy." „Wir haben keine fünf Minuten mehr.", flüstert Andrej zurück. Sanft malt Loren Kreise auf Andrejs Bauch, bis er seine Hand unter dessen Shirt gleiten lässt, erstaunt tastet er nun den viel zu muskulösen Bauch ab. „Mach weiter das fühlt sich herrlich an.", raunt Andrej Loren zu, der augenblicklich bei dieser tiefen Stimme wegrutscht. Erneut klopft es, nur diesmal wird die äussere Tür geöffnet. Zwei Wachmänner treten ein, einer Streckt ihm einen Brief entgegen, lässt das Papier allerdings fallen bevor Andrej es in den Fingern hat. Lachend gehen die Beiden wieder raus.

Leise fluchend nimmt Andrej das Papier auf, faltet es auseinander um dann wie ein bekloppter hinein zu grinsen. „Was ist das?", hackt Loren nach. „Wer ist Maddy?", stellt Andrej eine Gegenfrage. „Meine Freundin, zumindest noch." „Ein Brief meines Anwalts." Schweigend warten Beide darauf, dass der jeweils andere weitere Fragen stellt, aber keiner tut dies. Eine unangenehme Stille legt sich in der Zelle. „Eine Freundin also?" „Ja." „Willst du sie verlassen?" „Nein eigentlich nicht, aber sie hat mit Nero rumgemacht, als sie besoffen war und er hat es mir dann brühwarm erzählt!", kaum verliessen die Worte seinen Mund, fragt er sich weshalb er das Andrej erzählt. Er hatte es noch nicht einmal Jace anvertraut. „Nur rumgemacht?", eine Augenbraue von Andrej hebt sich wissend. „Ich hoff`s", murmelt Loren betrübt. „Herrgott Loren! Verlass die Schlampe und amüsiere dich! Du könntest jede Nacht eine andere haben, weshalb lässt du dir einen Keuschheitsgürtel anziehen?" „Was bist du mein Vater?!", zickt Loren. „Zum Glück nicht, sonst wüsste ich andauernd nicht wo du steckst, oder in wem!", lacht der Russe kehlig. „Du bist so widerwärtig! Einfach wuäh!" „Ach komm schon Jungfrau, etwas Spass willst selbst du? Hat sie dich wenigstens Mal angefasst?" Schamesröte steigt Loren ins Gesicht. „Volltreffer! Erzähl!", fordert Andrej den Jungen auf. „Bitte lass das Andrej! Immerhin hättest du mich gestern fast ertränkt und heute willst du mein Freund sein?" „Hast du eine Ahnung wie es ist seit mehreren Jahren niemandem zum Reden zu haben? Und irgendeinmal lässt selbst die Fantasie nach. Also erzähl es mir bitte." „Spinnst du jetzt völlig! Erst schlägst du mich, dann würgst du mich, dann bist du auf einmal Ultra nett, um mich dann beinahe zu ertränken! Ach, den kleinen Zwischenfall auf dem Hof ganz zu schweigen! Und jetzt willst du auf einmal mein bester Kumpel sein?", wirft Loren Andrej an den Kopf. Grinsend geht Andrej auf Loren zu, der immer noch wütend dreinschaut. „Willst du ein Geheimnis über meine Opfer wissen?" Noch bevor der Junge antworten kann, setzt Andrej an: „Sie alle kamen freiwillig mit mir mit." „Na und?", fragt er unbeeindruckt. „Ich kann wirklich charmant und nett sein, du musst es nur wollen und mich darum bitten." In Andrejs Kopf hat die erneute Jagd angefangen, nur sind andere Spielregeln als Draussen einzuhalten. „Bitte sei nett zu mir?", fragt Loren unsicher, da er glaubt von Andrej verarscht worden zu sein.

Wie Andrej versprochen hat, ist er den restlichen Tag über sehr nett und zuvorkommend. Er scheint sich wirklich für Loren zu interessieren, der ihm mittleerweile einiges anvertraut. Am folgenden Tag werden Loren und Andrej erneut auf den Hof geführt. Selbst hier benimmt er sich vorbildlich. Als er bemerkt, dass Loren vor Kälte zittert, bietet er ihm seinen Mantel an. „Aber du brauchst ihn doch. Es ist kalt.", meint Loren zähneklappernd. „Nein ist in Ordnung. Nimm ihn ruhig, ich will eh noch ein bisschen trainieren und dabei stört der Mantel nur." Dankend nimmt Loren den Mantel an, stellt sich aber ungeschickt an, so dass er beinahe in den Matsch fällt. Lächelnd fängt Andrej den Mantel ab und legt ihn dann Loren über die Schultern. „Besser?", hackt er zur Sicherheit noch nach, während er gewichte stemmt. „Mh vielen Dank." Bewundernd beobachtet Loren Andrej, bis dieser sich räuspernd meldet. „Tust du mir einen gefallen?" „Klar, was willst du?" „Ich möchte joggen, da du aber wegen deiner Verletzungen nicht kannst, wollte ich dich bitten, dich von mir tragen zu lassen." „Das wird komisch aussehen. Ich möchte das nicht.", lehnt Loren höflich ab. „Na gut.", Andrej muss seine Wut über die Ablehnung unterdrücken, so dass er Loren noch mehr manipulieren kann. „Wieso kommen Liam und dieser Russe heute nicht auf den Hof?" „Wir treffen immer nur samstags auf seine Zellengruppe. Willst du nachher auch Duschen?" Nickend lächelt Loren Andrej an, der sich seines Zieles sicher ist.

Anstatt in die Zelle gebracht zu werden, kommen Andrej und Loren direkt bei den Duschen an. Nachdem Andrej etwas mit den Wärtern besprochen hat, öffnen diese eine andere Tür als beim letzten Mal. Der Raum ist ebenso klein wie der andere und ebenso spärlich eingerichtet, nur steht neben der Dusche eine Badewanne hier. Wie es Lorens Mutter immer macht, lässt Andrej ihm ein Bad ein. „Ich hoffe das Wasser ist nicht zu heiss.", fordert Andrej den Jungen auf näher zu kommen. „Kannst du wegsehen, wenn ich mich ausziehe?", fragt Loren schüchtern. Um seine Beherrschung ringend, dreht Andrej sich weg. Nach einigen Minuten dreht er sich zurück. Loren liegt in der Wanne, den Kopf gemächlich auf den Rand gelegt, die Augen geschlossen. Schmunzelnd stellt

Andrej sich unter die Dusche. Das plätschernde Wasser veranlasst Loren seinen Blick auf Andrej zu legen. „Du Andrej?" „Ja?" „Erzählst du mir etwas über dich?" „Mh, wo soll ich anfangen? Ah da! Wie ich dir bereits sagte, ist mein Vater Arzt, meine Mutter ist Gesundheits- und Krankenpflegerin, dem entsprechend hatten die beiden nie viel Zeit für mich und meinen älteren Bruder Dimitri. Wir hatten ein Kindermädchen, sie hiess Ann. Wenn Ann einmal nicht auf Dimitri und mich aufpassen konnte, nahm uns mein Vater mit in seine Praxis. Bereits im Kindesalter entdeckte mein Vater mein Geschick mit Verletzten umzugehen, daher durfte ich ihm oft helfen. Als ich fünfzehn war, durfte ich die erste Wunde selbst nähen und so kam dann immer mehr, bis mich mein Vater als Assistent anstellte. Ich hatte nie eine Abneigung gegen Blut und dergleichen, nein eher eine Faszination. Mit siebzehn stolperte ich nach dem Ausgang über einen verletzten jungen Mann. Ich war Sturz betrunken, habe den Mann aber mitgenommen, nicht in die Praxis, nein in mein Zimmer. Ich säuberte seine Wunden, nähte diese. Leider wusste ich zu dem Zeitpunkt nicht, dass ich einen Kriminellen vor mir hatte. Auf jeden Fall ging es ihm nach ein paar Tagen wieder besser. Wie jeden

Tag ging ich nach der Schule in die Praxis, dann Nachhause. Er erwartete mich in meinem Zimmer, ein Küchenmesser war unter dem Kopfkissen versteckt. Als ich ihm die Verbände wechselte, griff er mich an. Die Narben sind heute noch zu sehen! Er war einen Moment unachtsam, dies nutze ich. Er war mein erstes Opfer. Nur wegen ihm sitze ich jetzt hier! Er hat mir alles genommen!", gegen Ende hin wird Andrejs Stimme immer ärgerlicher. „Das ist erschreckend. Wie fühlte es sich an?" Baff blickt Andrej zu dem mittlerweile knienden Jungen in der Badewanne. „Dein Ernst? Du willst wissen wie es sich anfühlt einen Menschen zu töten?" Nickend bestätigt Loren Andrejs Vermutung. „Überwältigend, eines der schönsten Gefühle, dass ich jemals hatte.", euphorisch streicht Andrej seinen nackten Körper entlang. „Dreh dich weg Kleiner." Verwirrt betrachtet Loren Andrejs Körper, bis er seine Erregung sieht. Er dreht sich wie befohlen weg, allerdings linst er ab und zu zu Andrej hinüber. Kaum ist er fertig, steht Loren auf, geht auf Andrej zu, schiebt ihn weg, um sich abzuduschen. Sanft legt Andrej seine Hände von hinten um Lorens Kehle. „Hast du einen Todeswunsch?" „Nein wie kommst du darauf?" „Du provozierst mich." Schulterzuckend löst er sich aus dem leichten Griff.

Zurück in der Zelle herrscht eine seltsame Stimmung. Auf eine gewisse Weise ist es angespannt und trotz dem so locker wie auf einer Kindergeburtstagsparty. Nach dem Essen legt sich Andrej hin, er schliesst die Augen, schläft aber nicht ein. Loren deutet dies allerdings falsch. Er achtet auf den regelmässigen Atem von Jaroslav, bevor er sich an sein Bett schleicht. Ohne ihn fest zu berühren, setzt er sich breitbeinig über Andrejs Hüfte, sanft legt er seine Hände um dessen Kehle. Ein Machtgefühl durchflutet den Jungen. Nach ein paar Sekunden wird er mutiger und beginnt zuzudrücken. Auf Andrejs Gesicht schleicht sich ein Lächeln. Mit einer ruckartigen Bewegung ist sein Hals befreit. Überrascht lässt Loren sein ganzes Gewicht auf Andrej fallen, der immer noch Lorens Handgelenke in den Händen hält. „Was sollte das werden?" „Nichts. Ich … also … weisst du. Es ist ni-nicht so wie wie es aussieht?", stottert Loren unbeholfen. „Sicher… du wolltest nur meinen Puls fühlen oder?", meint Andrej belustigt. Unfähig etwas zu sagen, starrt Loren Andrej einfach an. Die Minuten verstreichen, beide verharren in

ihrer jeweiligen Position. Bis Andrej Lorens
Hände auf seine Brust legt. „Wie fühlte es sich
an?", fragt nun der Russe neugierig. „Belebend.",
fasst Loren seine Gefühle zusammen.

Schleichend schiebt er seine Hände über Andrejs
Brustkorb Richtung Hals. Zögernd streicheln seine
Fingerkuppen über die pochende Halsschlagader.
„Du bist erregt.", reisst Andrej Loren aus dem
Konzept. Mit hochrotem Kopf schaut er an sich
herunter. Blitzschnell hüpft er von Andrej runter,
klettert auf sein Bett, reisst sich die Decke über
den Kopf und wünscht sich nie geboren worden
zu sein.

## 5

Nach diesem Ereignis zieht Loren sich zurück. Er ist still. Bewegt sich kaum noch. Versucht neben Andrej durch zu leben. „Willst du heute darüber reden?", fragt Andrej Loren nach dem Aufstehen, wie jeden Morgen seit fünf Tagen. Kopfschüttelnd dreht Loren sich weg, zieht die Decke bis unters Kinn und ignoriert jeden Versuch von Andrej den Jungen zum Sprechen zu bringen.

„Zieh dich an Loren! Wir werden bald abgeholt um auf den Hof zu gehen." Da Loren sich keinen Millimeter bewegt, lockt Andrej ihn, indem er ihm sagt, dass der Blondschopf heute auch dort sein wird. Es funktioniert.

In den dicken Mantel eingepackt, wartet Loren auf Liam. Es dauert einige Minuten, dann kommen Romanov und er aus dem Gebäude. Andrej schlingt seinen Arm um Lorens Hals. Ein leichter Druck lässt den Jungen zu Andrej hinaufsehen. „Wirst du es deinem kleinen Freund erzählen?" „Nein und jetzt lass mich bitte los, die Wärter kommen aus dem Turm." „Gut beobachtet. Wollen wir sie ein wenig ärgern? Du bekommst dafür auch was Schönes in der Zelle." „Was?" „Eine weitere Geschichte und das zweite verrate ich dir nicht." „Wie willst du die Wachen ärgern?" „Keine sorge ich werde nicht zudrücken, es soll nur so aussehen.", während des Satzes legt Andrej seine Arme erneut um Lorens Hals. Ein sanfter Druck liegt auf dessen Kehle, aber nicht unangenehm. Ein Wachmann schiesst in die Luft, während der zweite auf die Insassen zielt. „A-Andrej?" „Noch nicht.", entgegnet er. Der zweite Schuss löst sich, hektisch blinzelt Loren, bis er den Einschuss vor seien Füssen entdeckt. „Das hast du gut gemacht.", flüstert Andrej Loren zu. Die restliche Zeit verbringen sie mit Liam und Romanov.

„Was sollte das eben?", fragt Liam. „Ein Spiel.", meint Loren schulterzuckend. „Ein Spiel?" „Ja und jetzt lass uns über etwas anderes Sprechen. Wie läuft es mit Romanov?", versucht Loren einen Themenwechsel herbei zu führen. „Er ist total nett, verständnisvoll und einfach grossartig.", schwärmt Liam. „Du schwärmst von dem Typen wie ein Mädchen für einen Star. Stehst du auf ihn?" Röte steigt Liam ins Gesicht, allerdings schüttelt er verneinend den Kopf. „Natürlich nicht, aber er ist halt nett und kümmert sich um mich. Er erzählt mir von seiner Vergangenheit und seiner Zukunft, zumindest, wenn er freikommen würde, was niemals der Fall sein wird. Aber trotzdem, Loren, der Mann vertraut mir. So etwas gab es noch nie!" Grinsend dreht Liam sich zu Romanov. „Na dann geniess die Woche noch.", meint Loren zum Abschied, denn Andrej und er werden bereits abgeholt.

„Na hattest du Spass mit Romanovs Kleinem?", fragt Andrej kaum schliesst sich die Zellentür. „Ja wir haben uns nett Unterhalten und du?" „Wie schön, dass du wieder mit mir sprichst. Wie gut kennst du den Blondschopf?" „Liam? Wir gehen in dieselbe Klasse, das ist alles.", lügt Loren. „Ah. Dann hat Liam Romanov angelogen?" „Nein.", entgegnet Loren wissend, auf was dieses Gespräch hinausläuft. Abwartend sieht Andrej den Jungen vor sich an. „Ich nehme mal an du spricht von den blauen Flecken und das ich ihn nicht gut behandle, oder?" Ein zustimmender laut verlässt Andrejs Kehle. „Ich werde ihn besser behandeln, wenn wir zurück in Gleissich sind." Schnaubend verzieht sich Andrejs Gesicht zu einem Lächeln.

„Du wirst mehr tun müssen! Ein Rätsel. Auch wenn du ihn nicht mehr schlägst, verschwinden seine Flecken nicht. Die Rätsels Frage nun, woher kommen die Flecken nun?" In Gedanken versunken, wer Liam sonst noch schlägt, bleibt Loren regungslos mitten in der Zelle stehen. Andrej macht es sich derweilen gemütlich auf seinem Bett.

Die Minuten verstreichen. Wie versteinert steht Loren immer noch mitten in der Zelle. „Kommst du auf die Antwort?", hackt Andrej nach ein paar Stunden nach. „Ab und zu schlägt Jace ihn oder sonst jemand aus der Klasse. Aber sonst? Nein." „Ich sollte dich erwürgen! So dumm kann man nicht sein!", giftet Andrej. Ängstlich zeiht Loren sich an die Gitterfront zurück, als Andrej sich aufsetzt. „Komm her Junge!", fordert der Russe ihn auf. Zögernd schleicht sich Loren an, setzt sich auf den Boden vor dem dunkelhaarigen, senkt dabei den Blick. „Seine Eltern.", raunt Andrej Loren ins Ohr, dabei bildet sich Gänsehaut auf seinem Körper. „Nein, Eltern tun so etwas nicht… Die lieben einen und sind peinlich und machen alles immer zu übertrieben fürsorglich…", sprudelt es aus Loren, der gerade an seine Mutter denkt. „Das hättest du meinen Eltern ruhig sagen dürfen, du verwöhntes Balg! So kommen wir zur nächsten Geschichte.", beginnt Andrej seine Erzählung. „Darf ich mich neben dich aufs Bett legen?", fragt Loren vorsichtig. Mit einer kopfschwenkenden Geste erlaubt es der Russe.

„Wie ich dir bereits erzählte, hatten meine Eltern nie viel Zeit für mich. Dennoch waren sie nett und fürsorglich, bis ich an einer Uni angenommen wurde. Mein Vater drehte vollkommen durch, als er es erfuhr. Stolz rannte ich aus der Schule in die Praxis, damit es mein Vater schnellst möglich erfährt. Aber er freute sich nicht. Er riss mir das Blatt aus den Händen, musterte es missbilligend, bevor er es in tausend kleine Stückchen zerriss. Er brüllte mich an, was mir einfiele mich an einer Uni zu bewerben und studieren zu gehen, während er und meine Mutter sich den Arsch ab krampfen um mir und Dimitri ein schönes Leben zu ermöglichen. Er meinte ich sei selbstsüchtig und arrogant geworden und er wolle mich nicht mehr sehen. Die Tränen standen mir in den Augen. Ich hatte doch alles richtig gemacht… haw. Am Abend war meine Mutter Zuhause, sie schimpfte mit mir, dann schlug sie mich zum ersten Mal. Es tat nicht wirklich weh, aber mein Ego war gekränkt. Während Dimitri genüsslich vor dem Fernseher ass, schrie ich auf, als sie eine Holzkelle nahm und damit auf mich einprügelte. Aus Wut schubste ich sie gegen die Kücheninsel, wohl etwas zu fest, denn sie brach vor mir zusammen. Geschockt was ich nun tun sollte, starrte ich den leblosen Körper einfach an. Ein räuspern holte mich zurück in die Gegenwart. Dimitri. Er meinte sie lebe noch, sollte aber besser Tod sein. Bevor mein älterer Bruder sie mit einem Küchenmesser erstechen konnte, stellte ich mich schützend vor sie. Stinksauer schubste mich mein Bruder weg, doch bevor die Klinge die Kehle erreichte, entriss ich ihm das Messer. Wutentbrannt begutachtete ich ihn. Er zog sein Shirt aus, um mir seine Prellungen, Quetschungen und Schnitte zu zeigen, er versicherte mir, dass dies unsere Mutter war. Ich glaubte ihm, daher hob ich sie hoch, ging in mein Zimmer mit ihr. Unachtsam liess ich sie fallen. Knochen brachen. Es dauerte einige Stunden bis sie wieder bei Sinnen war, aber ich konnte warten. Und das tat ich auch. Nachdem sie mir unter Druck gestand, was sie meinem Bruder alles angetan hat, sah ich ein Monster und keine Mutter mehr. Sie folterte ihn. Einfach so, weil ihr langweilig war! Um ihr zu zeigen wie sich mein Bruder durch ihr Handeln fühlte, holte ich eine Rostentfernungslauge aus der Garage. Natürlich weigerte sie sich das Zeug zu trinken, daher steckte ich ihr einen Schlauch in den Rachen und leerte den Kanister. Von Beginn weg würgte und spuckte sie, doch ein Knebel verhinderte die automatische körperliche Reaktion. Es dauerte und dauerte bis sie endlich das bewusst sein verlor und ich genoss jede ihrer Schmerzes Tränen. Die Lauge löste sie langsam von innen her auf. Eine Mischung aus Lauge, Blut und Schleim floss ihr aus dem Mund, als ich den Knebel entfernte. Sie wurde nie gefunden und das wird sie auch nie, dafür habe ich gesorgt. Mein Vater musste einen leeren Sarg beerdigen lassen. Dimitri und ich spielten die trauernden Söhne. Ich habe ihm nie erzählt, wie sie starb, nur das sie starb. Es war nicht annähernd so befriedigend wie Jemanden zu erwürgen, ertränken oder sonst aktiv zu töten. Du bist der Erste, dem ich es erzählte, daher frage ich dich, meinst du mein Bruder hat mich angelogen?" „Keine Ahnung woher soll ich das wissen? Wie steht dein Bruder und du zu einander?" „Wir teilten alles miteinander, ausser Mutters Zorn, den zog er immer auf sich, damit mir nichts passierte, meinte er bei seinem letzten Besuch." „Ich kenn deinen Bruder nicht, daher kann ich dein Gewissen nicht beruhigen.", nuschelt Loren bevor er sich von Andrej wegdreht.

„Ich dachte du wurdest nur für fünf Morde an Jungen verurteilt.", denkt Loren nach einer Weile laut, da er davon ausgeht, dass Andrej auf seinem Bett schläft. „Da hast du dich aber gut über mich informiert. Wie?" „Liam fragte Romanov. Wie viele hast du eigentlich getötet?" „Ich werde es dir irgendeinmal erzählen."

Müde reibt sich Andrej den Schlaf aus den Augen, als er Loren neben sich stehend bemerkt. Gähnend will er sich aufsetzten, hält aber in der Bewegung inne, als er etwas Kaltes an seinem Hals fühlt. „Was soll das werden?", fragt Andrej lustlos. „Ein Versuch.", entgegnet Loren schelmisch. Sanft drückt er gegen Andrejs Hals, bis sich eine feine Blutlinie bildet. „Zeigst du mir dein Spielzeug?" „Besser nicht, sonst nimmst du es mir weg und setzt es gegen mich ein.", kombiniert Loren. „Ohw

wie niedlich. Ich werde es nicht gegen dich ein-
setzten, versprochen. Und jetzt zeig her!" Ein
freundliches Lächeln umspielt seine Lippen. Loren
lässt sich die selbstgebastelte Waffe aus den Fingern nehmen.

Verblüfft schaut Andrej das Werkzeug an. Simpel
aber genial, denkt er sich. Eine graue Zahnbürste,
an dessen Ende eine Rasierklinge reingerammt
wurde. Damit die Klinge nicht einfach raus-
rutscht, erhitze er das Plastik an der heissen Glüh-
birne, drückte das Material zusammen. „Hier hast
du dein Spielzeug wieder. Was willst du damit
anstellen?", fragt Andrej als er Loren die selbstgebastelte Waffe zurückgibt. „Hättest du etwas dagegen, wenn ich dich erneut…" Der Satz beliebt
unvollendet, als sich Andrejs Gesicht verzieht. Er
greift sich an die Kehle, schaut seine bebluteten
Finger an. „Du kleiner Bastard hast mich geschnit-
ten!" Schützend hebt Loren das Messerchen vor
seinen Körper, doch die nackte Panik ist ihm ins
Gesicht geschrieben.

Kaum springt Andrej vom Bett, kniet sich Loren
hin. „Bitte tu mir nicht weh. Ich wollte nur wissen
wie…" „Schweig!", brüllt Andrej ihn an. Sofort

verstummt Loren, der sich an sein Messerchen klammert, wie ein ertrinkender an den Rettungsdring. „Gib her!" Zügig streckt Loren Andrej die Zahnbürste entgegen. „Ich werde dir etwas in den Nacken ritzen, damit sind wir dann quitt. Wenn du weiter herum speilen willst, dann musst du deine Haut opfern." Fragend schaut Loren hoch. „Setzt dich auf den Hocker. Zieh dein Shirt bis zum Kopf hoch, so dass deine Haare mich nicht stören!" Wie ein gut dressierter Hund nimmt Loren Platz. Nervös kaut er sich auf seiner Lippe herum. Kaum setzt Andrej an, zischt Loren auch schon auf. Gegen Ende hin wird es ein klägliches Wimmern. Blut rinnt seinen Rücken runter. „Fertig.", mit dem Wort, lösen sich Lorens Finger vom Stoff seiner Hose. „Ah das brennt!", flucht Loren, als Andrej ihm ein nasses Stück Stoff gegen den Nacken drückt. „Finger weg! Das muss sein, sonst entzündet es!", donnert Andrej, als Loren den Fetzten wegnehmen will.

Nach knapp einer halben Stunde, erlaubt Andrej ihm den Fetzten zu entfernen und das Zeichen anzusehen. Doch der Spiegel in der Zelle ist zu verdreckt und gewölbt, als dass er etwas erkennen

könnte. „Es ist ein A und ein J ineinander ver-
schnörkelt. Da es grösser ist als den kleinen
Schnitt, den du mir zufügtest, darfst du mir deine
Initialen ebenfalls aufdrücken.", bietet Andrej an,
dabei streckt er Loren das Messerchen hin. Behutsam setz er Andrej das Messer an die Kehle. Zu
dem vorherigen Schnitt setzt er weitere dazu, so
dass am Schluss ein L und ein auf dem Kopfste-
hendes J zu erkennen sind. Stolz präsentiert er
Andrej sein Werk.

Die restliche Woche vergeht experimentierfreudig.
Einige Verletzungen trägt Loren davon, aber auch
Andrej ist nicht ungeschoren davongekommen.
„Wir müssen uns verabschieden Loren, die Wachen kommen dich gleich holen." Trauer schwingt
in seiner Stimme mit. Freundschaftlich umarmen
sich die Beiden, dann wird auch schon die Tür geöffnet. Liam und drei Wärter stehen davor. Erneut
schlingt Loren seine Arme um den Russen, dabei
drückt er ihm einen Kuss auf die Wange, streichelt
über die verheilende Wunde am Hals und flüstert:
„Vergiss mich nicht Andrej, wir sind Freunde."
Sanft legt Andrej seine Hand auf Lorens Nacken,
bevor er ihm einen Kuss auf die Stirn drück, um
sich zu verabschieden.

Liam und Loren tauschen die Häftlingsklamotten gegen ihre eigene ein, bevor sie ihre Wertgegenstände zurückerhalten. Iwanow händigt ihnen noch ihre Pässe und Reiseunterlagen aus, dann stehen sie auch schon vor einem Transporter, der sie zum nächst gelegenen Bahnhof bringt.

## 6

„Nach dem anstrengenden Flug, müssen die Beiden nun auch noch drei Stunden mit der Bahn in
das kleine Dorf Gleissich fahren. „Liam? Ich muss
dich etwas fragen. Andrej meinte, dass deine Eltern dich schlagen." Entsetzt starrt Liam ihn an,
seine Pupillen wieten sich. „Romanov sagte mir,
dass er es Andrej erzählt und er es dir dann sagen
wird, damit wenigstens du mich nicht mehr so
mies behandelst. Aber ich dachte du würdest es
einfach ignorieren und weitermachen wie bisher."
„Also stimmt es?" Nickend faltet Liam seine
Hände im Schoss. „In zehn Minuten werden wir
am Bahnhof sein, meine Mom kommt mich abholen. Wenn du magst, kannst du bei mir pennen, so
dass du nicht Nachhause musst.", bietet Loren
fürsorglich an. „Ähm… und deine Mutter wäre
damit einverstanden?" „Klar. Also kommst du?"
„Du verarschst mich oder?" Verwirrt schaut Loren
Liam an. Nein er meint es Tod ernst, daher versichert Loren Liam, dass es sich um keinen Scherz
handelt. Als der Zug endlich hält, springt Loren
mit dem Koffer raus. Seine Mutter schlingt ihre
Arme um ihn, dabei küsst sie ihn mehrmals. Auf

Liam wartet niemand. Traurig lächelnd beobachtet Liam Loren und seine Mutter. Als sie sich endlich voneinander lösen, winkt Loren Liam zu sich. „Mom das ist Liam, ein guter Freund. Er wird Zuhause nicht sehr gut behandelt, deswegen habe ich ihm vorgeschlagen eine Weile bei uns zu wohnen.", informiert Loren seine Mutter. „Wie lange ist eine Weile?", hackt sie nach. „So bis Ende Jahr oder länger. Vielleicht bleibt er auch bis er sich eine eigene Bleibe suchen kann. Also nach einer Ausbildung oder Studium.", eröffnet Loren. Perplex schaut Liam ihn an, denn so haben die Beiden das nicht besprochen. Die Rede war von ein paar Nächte, vielleicht eine Woche und nicht bis zur Selbstständigkeit. Auch seine Mutter ist etwas überrascht von ihrem Sohn. „Er kann vorerst bei uns wohnen.", meint sie dann.

„Wir sind oben.", schreit Loren von der Treppe her nach unten zu seiner Mom. „Ist gut Schätzchen." Kaum fällt die Tür ins Schloss, ertönt auch schon Liams Stimme. „Ich kann doch nicht so lange hierbleiben." „Klar kannst du.", erwidert Loren grinsend. „Aber ich falle deiner Mutter nur zur Last und wie willst du dich in der Schule dafür rechtfertigen, dass ich nun bei dir wohne?",

steigert sich Liam. „Also erstens bist du für meine
Mom keine Belastung und zweitens denen muss
ich keine Rechenschaft ablegen und wenn sie mir
dumm kommen, dann setzt`s was und schon sind
sie still." „Aber…" Bevor Liam sich weitere Vorwürfe und sorgen machen kann, stoppt Loren ihn.
„Nein, kein aber! Du bleibst! Wenn was ist, dann
gib einfach Bescheid. Ach, und ähm heute müssen
wir wohl zusammen in meinem Bett schlafen, da
meine Mom Spätdienst hat." Liam lässt seinen
Blick durch Lorens Zimmer wandern, dabei entdeckt er ein grosses Doppelbett. „Darf ich eine eigene Decke haben?" „Klar."

Piep-Geräusche wecken die Jungen auf. „Ach
Mann!", stöhnt Liam genervt. „Schiss Teil!", be-
schwert sich Loren, der den Wecker gekonnt aus-
schaltet, sich dann quälend aus dem Bett schält,
um ins Badezimmer zu verschwinden. „Komm
das Frühstück steht breit.", weckt Loren Liam erneut, der in der zwischen Zeit eingedöst ist.
„Mh.", murrt dieser, steht dann aber auf. Unten in
der Küche stehen zwei Teller mit Rührei und
Toast. „Danke Mom du bist die Beste.", meint Lo-

ren verschlafen. „Vielen Dank Miss Jonson.", meldet sich Liam kleinlaut. „Nenn mich bitte Susy. Gern geschehen."

Es klingelt zwei Mal, dann wird die Tür auch schon aufgestossen. Jace steht in der Küche. „Morgen.", grüsst er Loren, dabei gibt er ihm einen Handschlag. Doch als sein Blick auf Liam fällt, ändert sich sein Gesichtsausdruck. „Was macht der hier?" „Wohnen.", antwortet Loren knapp. „Klar!", meint Jace sarkastisch. „Im Ernst Jace. Liam wohnt ab jetzt bei mir und ich will, dass du gefälligst nett zu ihm bist oder die Schnauze hälst!", faucht Loren wütend. Beruhigend hebt Jace seine Hände vor den Körper. „Alter beruhige dich. Es ist nur ungewohnt dich mit ihm zu sehen, ohne dass deine Faust in seinem Magen oder Gesicht ist.", erklärt sich Jace schnell. „ `Tschuldige. Es ist nur… weisst du was in Russland geschah, hat mich verändert und meine Sichtweise auf den Jungen.", dabei zeigt er auf Liam. Noch bevor Jace nachbohren kann, meint Loren: „Ich erzähl es dir nach der Schule."

Der Unterricht geht nur schleppend. In den ersten beiden Lektionen beschäftigt sich Loren mit Kritzeln, anstatt dem Deutschunterricht zu folgen. In den darauffolgenden drei Lektionen, Naturwissenschaft, zeigt er schon mehr Interesse, aber er ist immer noch gelangweilt. In Gedanken schweift er ab und zu nach Russland zu Andrej. Was er jetzt gerade macht, denkt er sich. Schulterzuckend verdrängt er den Gedanken schnell wieder. Loren ermahnt sich selbst, nicht zu oft an Andrej zu denken. Dann endlich das erlösende Klingeln. Mittagspause.

Kaum in der Cafeteria angekommen, werden Jace und Loren auch schon von Freunden belagert. „Alter wo warst du in den Ferien?!", fragt ein rothaariger Junge. „Weg! Das ist alles was ich euch sagen werde. Also vergesst es!", stellt Loren fest, da er sieht wie seine Freunde Luft holen um ihn auszufragen.

Ein Junge aus der unteren Klasse nähert sich Liam, den Loren stetig im Auge behält. Wie in Zeitlupe öffnet der Junge eine Flasche mit Tomatensaft, hält den Behälter über Liams Kopf, um ihn damit zu bedecken. Ohne Lorens zutun, springt sein Körper auf, rennt zu dem Typen hin, schlägt ihm die Flasche aus der Hand. Zur Krönung Ohrfeigt Loren ihn. Erstauntes Raunen geht durch die Cafeteria. Selbst Liam starrt ihn ungläubig an. „Geht`s dir gut?", fragt Loren sanft. „Ja… danke.", nuschelt Liam verwirrt. Freundschaftlich legt Loren seine Hände auf Liams Schultern. „Komm, setzt dich zu mir, dann wagt es niemand mehr seine Hand gegen dich zu erheben." „Aber die gucken alle schon." Seine Wangen färben sich allmählich rot, doch Loren ist das vollkommen egal. Er nimmt seinen Schützling an seinen Tisch.

Die vier Lektionen am Nachmittag verstreichen schneller als die am Morgen. Erst werden zwei Lektionen gezeichnet, dann folgen noch zwei Lektionen Sport. Wie vor den Ferien, wartet Liam mit duschen, bis alle gegangen sind. Nur kommt Loren unerwartet zurück, als sich Liam gerade ein schamponiert. „Ich warte vor der Tür, mach schnell!", informiert Loren. „Ist gut." Schnell duscht Liam sich ab, zwängt sich in seine Kleider, um möglichst schnell bei Loren zu sein. Immerhin will er ihn nicht warten lassen. Doch als er die Tür zu den Umkleiden aufstösst, sieht er fünf Jungen stehen, einer davon ist Loren. Die anderen sind

Jace, Tim, Nero und Dylen. Sofort beginnt Liam zu zittern, sein Gesicht wird blass. Ängstlich versucht er sich in die Umkleide zurück zu ziehen. Doch Loren legt ihm eine Hand auf den Rücken und schiebt ihn näher zu seinen Freunden. „Jungs das ist Liam. Ab sofort lasst ihr ihn in Ruhe! Ich will, dass ihr ihn so behandelt wie einer von uns. Immerhin wohnt der Kleine nun bei mir und ich fühle mich für ihn verantwortlich, also tut ihm nichts mehr an.", hält Loren seine kleine Rede. „Aber…", protestiert Nero. „Nein kein aber, wenn du damit ein Problem hast, dann geh!" Schweigend bleibt er an Ort und Stelle stehen. Sie alle marschieren zum Dorfladen, dort kaufen sie sich jeweils ein Bier. Auf dem Spielplatz trinken sie es, während sie sich unterhalten.

Nero, Tim und Dylen wollen noch zu Tim Nachhause um etwas zu zocken. Jace bleibt mit Loren und Liam zurück. „Soll ich mit zu dir?", fragt dieser, da Loren ihm noch etwas zu erklären hat. Nickend steht Loren auf. Die drei marschieren zu ihm Nachhause. Die Tür ist abgesperrt, daher kramt Loren den Schlüssel aus seiner Tasche. Drinnen machen sie es sich auf dem Sofa gemütlich. „So erzähl!", fordert Jace ihn auf. „Kein

Stress! Wie du weisst, wurden Liam und ich zu drei Wochen Erziehungslager verurteilt. Das wäre ja nicht weiter schlimm ..., nur wurden wir in ein Gefängnis für Schwerkriminelle gebracht. Als ob das nicht reichen würde, wurden wir auch noch getrennt. Liam kam zu einem Russen, der war anscheinend ziemlich nett, denn wegen ihm und meinem Zellengenossen sitzt Liam nun hier in meinem Haus.", Loren achtet bei seiner weiterführenden Erzählung immer darauf, dass er die Namen ihrer Zellengenossen nicht nennt, dafür erklärt er ihm wie sie auf den Hof gebracht wurden und wie die Wachen mit Gewalt im Gefängnis umgehen. Wie die Zellen eingerichtet waren und wie schrecklich das Essen dort war. „Das war anscheinend ein echter Horrortrip, aber ich bin froh bist du, seid ihr wohl auf und zurück.", meint Jace. Kurzerhand leert er sein Glas, packt seine Sachen, dann zieht er ab.

„Du hast ihm sehr viel verschwiegen. Mit Absicht?", hackt Liam nach. „Ja und nein. Ich will nicht, dass er sich im Nachhinein sorgen macht. Dazu kommt, dass Andrej und Romanov nicht gerade unbekannte sind. So wie ich Jace kenne und ich kenne ihn gut, würde er alles über die Beiden

herausfinden und uns mit Fragen nur so überhäu-
fen.", erklärt Loren sachlich. „Ist gut."

## 7

Mittlerweile haben sich alle daran gewöhnt, dass Liam bei Loren wohnt. Immerhin sind schon zwei Monate vergangen. Susy nahm Kontakt mit Liams Mutter auf, dabei besprachen sie, dass Liam besser bei den Jonsons bleiben sollte. Da Liams Eltern nicht einwilligen wollten, drohte Susy mit Gericht und dass Liam sie wegen Körperverletzung und Nötigung anzeigen könnte. Schnell gaben Liams Eltern nach und unterzeichneten einen Vertrag, in dem Liam bis auf weiteres bei Loren und seiner Mutter wohnen darf.

„Hey Li hast du schon wen für den Ball?", hackt Jace am Mittagstisch nach. „Nein, so einen wie mich will kein Mädchen. Und du?", schmollt Liam. „Ja ich geh mit Jessica hin. Und wie sieht es mit dir aus Lorilein?", neckt Jace. „Kein Bock auf den Schiess. Ich werde nicht hin gehen." „Aber du musst!", meint Liam. „Wieso sollte ich?" „Weil ich weiss, dass Mara gerne mit dir hingehen würde…", meint Jace Augenbrauen wackelnd. „Na von mir aus.", lustlos steht Loren auf, geht zu Mara hin und fragt ob sie mit ihm zum Ball gehen will. Natürlich sagt sie ja, quietscht dabei wie eine Gummiente. Zurück am Tisch staunt Liam nicht schlecht. „Ich wünschte ich hätte jemanden.", seufzend legt er seinen Kopf auf den Tisch. „Frag Maddy." „Deine Ex?" „Jo ich glaub sie hat ein Auge auf dich geworfen.", muntert Loren ihn auf. Unsicher nähert sich Liam Maddy. Sanft tippt er ihr auf die Schulter, um sie nach dem Ball zu fragen. „Ja sehr gerne.", entgegnet sie, steht auf, drückt ihm einen Kuss auf die Wange, bevor sie geht. „So nun haben wir alle ein Date.", stellt Jace freudig fest.

Zwei Wochen sind vergangen. Liam steht vor dem Spiegel, er versucht seine Haare zu bändigen, verliert aber den Kampf. Während dessen knöpft Loren sich sein weisses Hemd zu. „Wir treffen uns dort.", verabschiedet sich Loren. „Ist gut." Mara wohnt zwei Strassen weiter, daher geht Loren zu Fuss. Innerlich aufgeregt, klingelt er. Mara öffnet ihm. Sie trägt ein blaues, knielanges Kleid, dazu Strümpfe, schwarze Stöckelschuhe, eine silberne Kette und herunterhängende Ohrstecker. Sie ist dezent geschminkt, die Haare sind hochgesteckt. Nachdem sie sich einen warmen Mantel angezo-

gen hat, marschieren die Beiden den fünf minütigen Weg zur Turnhalle. Vereinzelt fallen Schnee-
flocken.

Die Halle ist schön warm. Überall hängen Herzen,
kitschig aber romantisch. Gentlemen like nimmt
Loren Mara ihren Mantel ab, hängt ihn zu seiner
Jacke, um schnell wieder bei ihr zu sein. Erst trinken sie einen Becher gefüllt mit Fruchtbowle,
dann gehen sie tanzen. Knapp eine halbe Stunde
später kommen auch Jace und Jessica, sowie Liam
und Maddy. Gemeinsam trinken und tanzen sie.
Die Stimmung ist ausgelassen, alle lachen und
freuen sich über die gemeinsame Zeit.

Kaum ziehen sich Jace und Jessica zurück, um un-
gestört rum zu machen, wollen nun auch Mara
und Maddy weg. Nur zu gerne verschwindet
Liam mit Maddy, doch Loren ist nicht so richtig in
Stimmung. Dennoch tut er es Mara zuliebe.
„Komm wir gehen in den Geräteraum, auf die
Matten.", raunt Mara ihm verführerisch zu. Grinsend lässt Loren sich von dem Mädchen hinterher
schleifen. Küssend liegen die Beiden auf einer
dünnen Bodenturnmatte. Voll bei der Sache,

schiebt Loren sein Bein zwischen Maras, die es freudig hinnimmt.

Ausser Atem liegen die Beiden auf der Matte. „Willst du noch etwas tanzen gehen?", fragt Loren erschöpft. Nickend setzt sich Mara auf. Unauffällig mischen sie sich wieder unter die Tanzenden.

Gegen drei Uhr schleichen sich Loren und Liam ins Haus. Jace folgt ihnen genauso leise. Als alle in Lorens Zimmer sind, schmeisst sich Liam aufs Bett, gefolgt von Jace. „Euer scheiss ernst? Das ist mein Bett!" „Reg dich ab, du konntest bereits liegen!", grinst Jace wissend. „Ach halt die Klappe.", murrt Loren. Daraufhin muss er den Beiden alles erzählen. Für Jace ist das nichts neues, doch Liam schaut ihn ungläubig an. „Fühlt es sich wirklich so schön an?", rutscht diesem nun die eine Frage raus. „Oh ja.", schwärmen Jace und Loren wie aus einem Munde.

Erneut ist es Montag. Wie die letzten Wochen hat Loren keine Lust auf Deutsch und Naturwissenschaften, daher schaltet er grösstenteils ab. Doch in der Cafeteria kommt Mara geradewegs auf ihn zu, gibt ihm einen Kuss. Erschrocken schiebt Loren sie von sich weg. „Was soll das?" „Na wir sind jetzt zusammen.", entgeistert starrt Mara ihn an. „Nur weil wir was hatten, heisst das nicht, dass wir jetzt zusammen sind." Schnaubend rennt Mara aus der Cafeteria. Erst will Loren ihr nachrennen und sich entschuldigen, lässt es aber dann doch beliiben, um nicht noch mehr falsche Signale zu senden.

Am Nachmittag speilen alle Mädchen verrückt. Sie alle schnauzen Loren an, oder werfen Papierkügelchen nach ihm. Ohne darauf zu reagieren, lässt er es geschehen. Kaum klingelt es, räumt er zusammen, wartet dann auf Liam und Jace. In der Umkleide meint Liam: „Loren du musst das mit Mara regeln." „Ich weiss, werde ich." Mitfühlend legt Jace ihm seine Hand auf die Schulter.

Genervt unterhält sich Loren mit Mara, dabei überzeugt sie ihn es mit ihr zu versuchen. Nach einem anstrengenden Volleyballturnier stellen sich die Jungs unter die Dusche. Angezogen marschieren sie alle zu Jace um ihre Hausaufgaben zu erledigen. Danach spielen sie noch mit Jaces Konsole.

Erst gegen Abend machen sich die Beiden auf den Weg zu sich Nachhause.

## 8

Der Winter ist vorbei, die Zeugnisse Nachhause
geschickt und Loren ist immer noch mit Mara zusammen. Obwohl es für ihn nur etwas Körperli-
ches ist, scheint Mara ihn zu vergöttern. Ab und
zu geht er mit ihr Essen oder ins Kino, nur damit
sie ihn erneut ranlässt. Natürlich ist ihm bewusst,
dass es mies ist, aber sie scheint es nicht anders zu
wollen.

Die zweit letzte Woche vor den Frühlingsferien.
Wie eine Klette hängt Mara an Loren fest. Da sie
die Ferien mit ihren Eltern an der Nordsee verbringen wird. Endlich Sport, da kann Mara nicht
klammern, denkt sich Loren. „Guten Nachmittag.
Da heute so schönes Wetter ist, werden wir heute
Draussen sein. ", begrüsst der Lehrer seine Klasse.

In der ersten Lektion speilen sie Fussball. Lorens
Team gewinnt hochhinaus. „Gut, macht zehn Minuten Pause, dann spielen wir noch Basketball.",
verkündet Herr Zisser. Von einigen Schülern
kommt genervtes stöhnen, andere jubeln beinahe.
„Können wir nicht volley spielen gehen?", fragt

Lora seufzend. „Tut was ihr nicht lassen könnt! Aber ich will euch auch wirklich speilen sehen und nicht Kaffeekränzchen halten! Verstanden?" „Ja Sir, Herr Zisser.", scherzt Lora, dabei kugeln sich die Mädchen beinahe vor Lachen. Während den letzten dreissig Minuten ist die Klasse aufgeteilt. Ab und zu kontrolliert Herr Zisser ob die Mädchen wirklich Volleyball spielen. Überrascht sie wirklich spielend vorzufinden, stösst er einen Überraschten laut aus. „Bitte gebt mir die Bälle zurück, geht duschen und bis nächste Woche.", verabschiedet sich der Sportlehrer.

In der Gemeinschaftsdusche stehen Loren und seine Freunde nebeneinander. „Sprechen wir über deinen Geburtstag Loren. Wir alle haben uns etwas überlegt und du wirst mitkommen und alles mit dir anstellen lassen! Wir kommen dich übernächsten Freitag, gegen acht holen. Zieh dir ein weisses Hemd an, darunter ein Muskelshirt und schwarze Hosen!", fällt Jace mit der Tür ins Haus. „Man Leute was habt ihr nun wieder vor?!", hackt Loren nach, doch alle drehen sich nichtsahnend weg.

Die darauffolgende Woche vergeht quälend langsam. Mara hängt noch mehr an Loren als bisher, was ihm den letzten Nerv raubt. Immer häufiger streiten sie sich. Gerade als ein Streit vom Zaun brechen will, mischt sich Liam ein. „Du Loren, das mit deiner Party verschieben wir auf die Ferien. In der ersten Woche am Freitag oder Samstag. Ist das in Ordnung?" Schulterzuckend gibt Loren zu, dass es ihn nicht interessierte, wann sie gehen würden. Da er immer noch nicht weiss, was seine Freunde eigentlich mit ihm vorhaben.

Das letzte Wochenende vor den Ferien. Da Loren an einem Samstag Geburtstag hat, kommen alle Verwandten vorbei. Obwohl Loren alle am liebsten aus dem Haus werfen würde, freut er sich dennoch über die Geschenke. Viele schenken ihm Geld oder Gutscheine. Gegen Abend kommen nun auch seine Freunde. Unten im Keller verschanzen sie sich, damit die Erwachsenen sie nicht nerven können. „Wo ist mein Geschenk?", fragt Loren grinsend. „Du bekommst es nächsten Freitagabend, um Punkt Mitternacht. Aber bis dahin haben wir noch etwas Alkohol." Jace zieht zwei Flaschen Wodka hinter seinem Rücken hervor. Eine reicht er Loren, die andere öffnet er.

In der ersten Ferienwoche unternehmen die Jungs viel zusammen. Sie gehen ins Kino, fahren Rad und anderes. Seit Mara nicht in Lorens nähe ist, entspannt er sich. „Kommen wir zum morgigen Abend.", beginnt Jace seine Rede am Seeufer. Alle Aufmerksamkeit liegt auf ihm. „Wie besprochen holt uns Neros Bruder Drake ab, er wird uns in die Stadt fahren. Dort werden wir bis um halb zwölf um die Häuser ziehen und Party machen, dann übergeben wir Loren sein Geschenk." „Jaja macht mit mir was ihr wollt.", murmelt Loren genervt. Alle wissen war er bekommen wird, aber niemand verrät es ihm oder gibt Hinweise. Selbst mit Bestechung funktionierte es nicht.

## 9

Wie versprochen klingelt es um punkt acht an Loren und Liams Haustür. „Habt Spass ihr beiden!", ruft Susy den Jungen aus der Küche zu. „Danke Susy werden wir.", ruft Liam zurück. „Hoffentlich.", ergänzt Loren murmelnd.

Vor dem Auto kommt es zum ersten Problem. „Also Jungs einer von euch muss im Kofferraum mitfahren, da wir einen Platz zu wenig haben.", meint Drake zur Begrüssung. „Kein Problem ich werde das übernehmen.", meint Liam schnell, dabei schubst er Loren zur hinteren Beifahrerseite. Im Wagen begrüssen sie sich gegenseitig. Dann rauscht Drake auch schon mit ihnen davon.

Nach knapp dreissig minütiger Fahrt kommt der Wagen zum Stehen. „Kommt, wenn ihr fertig gefeiert habt zur Uni oder pennt bei Leuten, die ihr kennt.", meint Drake grinsend. Daraufhin fährt er weg. „Echt nett von deinem Bruder Nero.", meint Liam. „Wenn du wüsstest...", seufzt dieser.

Um nicht allzu viel Geld für Alkohol auszugeben, kaufen sich die fünf in einem Supermarkt fünf Flaschen, dazu Becher, verschiedene Säfte und Energy-Drinks. Gegen elf Uhr sind alle gut drauf, was wohl an ihrem Alkoholgehalt im Blut liegt. „Komm Lorilein, dein Geschenk wartet.", trällert Jace.

Mühsam raffen sich die Jungen auf, um Jace in die Stadt zu folgen. Die Bewegung tut allen gut, dadurch werden sie wieder klarer im Kopf. Geradewegs steuert Jace einen Club an. Davor stehen zwei grossgewachsene Männer in Anzügen. Lässig tritt Jace vor die Männer, die sich ihm direkt in den Weg stellen. „Kinder sind nicht erlaubt.", meint der eine Augenverdrehend. „Wie dumm, dass wir keine mehr sind! Lass uns rein, wir haben einen Tisch reserviert.", mault Jace. „Einen Tisch? Wohl eher einen Raum. Zeigt mal eure Ausweise!", fordert der andere Türsteher auf. Schnell zücken die Jungen ihre Ausweise und geben sie ab. Mit Jaces Ausweis marschiert einer der Männer in den Club. Daraufhin kommt er mit einem Mann zurück. „Du bist Travers kleiner Bruder mh?" „Ja das bin ich.", entgegnet Jace gelassen. „In Ordnung kommt rein. Traver hat euch einen

Raum vorbereitet.", winkend unterstreicht der Mann seine Worte.

Im Innern sehen die Jungen eine Hauptbühne und zwei kleine Nebenbühnen. Auf allen dreien tanzen derzeit Frauen, alle schön, aufreizend und knapp bekleidet. An der Bar erwartet Traver seinen Bruder und dessen Freunde. „Hey Brüderchen, ihr seid zu früh. Trink doch noch was!", fordert ihn ein halbnackter Barkeeper auf. „Klar wenn's auf dich geht gerne. Ich weiss wie beschissen teuer hier Getränke sind!" Ohne weiteres stellt Traver fünf Getränke auf den Tresen. Da alle recht eingeschüchtert und scheu wirken, stellt er ein silbernes Tablett hin auf dem fünf kleine, runde, pinke Tabletten liegen. „Nimm ruhig.", lockt Traver seinen kleinen Bruder. „Was ist das?", fragt Nero unsicher nach. „Nichts Schlimmes und jetzt nehmt ihr kleinen Perversen!" Travers Blick huscht kurz zu seinem Chef, der ihn interessiert mustert.

Kaum sind die Pillen geschluckt, nähert sich Travers Boss erneut. „Der Raum wird in Kürze bereit sein. Damit ihr nicht gestört werdet, solltet ihr den Raum von innen absperren. Getränke, Snacks und weiteres liegen im Raum bereit. Nun zu eurer Verkleidung. Ergänzend solltet ihr noch diese Masken tragen, mein Angestellter wird ebenfalls eine tragen.", schliesst der Mann seine Erklärung. „Traver bringst du sie in den Raum?" Nickend bestätigt dieser, woraufhin er sich hinter der Bar hervorzwängt.

Aufgeregt folgen alle dem schwarzhaarigen Mann in einen kleinen Raum. Es stehen lediglich ein runder Salontisch, ein rundlich ovales Sofa und eine kleine Bühne mit Stange darin. Direkt neben der Tür steht noch ein kleines Schränkchen auf dem verschiedene Flaschen stehen. „Loren du bist der Ehrengast, daher wirst du dich auf den Stuhl da setzten.", Traver zeigt auf einen gepolsterten Stuhl vor dem Sofa. Erst als alle Platz genommen haben, verlässt Traver den Raum, schliesst ihn von aussen ab.

„Ihr seid so bescheuert!", faucht Loren wütend. „Was?" „Warum?" Hacken vier grinsende junge Herrn nach. „Eine Stripperin …!", beginnt Loren, doch dann wird die Tür erneut aufgesperrt. Ein Mann mit einem schwarzen Netzshirt, einer Art

Krawatte, Hut mit Maske, langen Hosen mit Nieten und schwarzen Socken tritt ein. Da seine Zuschauer Masken tragen, lässt er seinen Blick nur kurz über sie schweifen.

Auf der Bühne lässt er Musik an, um sich erotisch aus seiner Kleidung zu schälen. Lorens Interesse an dem Mann steigert sich als er die Tätowierung auf dessen Brust sieht. Nun kann er es beinahe nicht erwarten, das Netzshirt endlich fliegen zu sehen. Doch erst tanzt der Mann ausgiebig, räkelt sich an der Stange, dann endlich reisst er sich das Shirt vom Leib. Um das Bild besser zu sehen, lehnt Loren sich leicht vor.

„Alter was tust du da?", schreit Jace die Frage um die laute Musik zu übertönen. Erst jetzt bemerkt Loren, dass er nicht mehr sitzt, sondern vor der Bühne steht und den Typen versucht zu berühren. Erschrocken zuckt Loren zusammen, bevor er langsam zurückweicht. Der Stripper dreht die Musik leiser. „Sorry.", haucht Loren leise, dabei steht ihm die Schamesröte im Gesicht. Um den jungen Mann vor sich aus dieser misslichen Lage zu befreien, dreht der Stripper die Musik wieder auf, dabei legt er die kalte Hand des Kunden auf seine Brust.

Behutsam streichelt Loren über das Tattoo. Es zeigt ein Skelett, welches eine Sense in den Händen hält und von Messern durchstossen wird. Sanft versucht Loren dem Mann vor sich das Tuch um den Hals zu entfernen, was an eine Krawatte erinnert. Doch noch bevor er den Stoff fassen kann, wird er an den Handgelenken gepackt und zurück geschubst. Die Show dauert noch ein paar Minuten, allerdings kommt es nicht zu dem Höhepunkt, denn Jace auswählte.

Traver klopft an den Raum, damit der Mann weiss, dass er die Gesellschaft verlassen darf. Normalerweise lässt er sich Trinkgeld geben und verzieht sich möglichst schnell hinter die Kulissen, aber diesmal bleibt er auf der Bühne sitzen. Der junge Mann, den ihn berührte, starrt ihn unverblümt an. Nun geht die Tür auf, Traver tritt ein. Überrascht den Stripper noch hier zu sehen, lässt er den Blick über seinen Bruder und dessen Freunde huschen. Alle verhalten sich seltsam, dennoch folgen ihm alle ausser Loren aus dem Raum.

Dieser tritt zur Tür, schliesst sie allerdings anstatt hindurch zu gehen. Mit der Maske im Gesicht, schlendert er zu dem immer noch gemütlich dasitzenden Stripper zu. Erneut berührt er ihn an der Brust. Seine kalten Fingerspitzen lassen den Mann unter ihnen erschaudern. Erneut wandern Lorens Finger zu dem Halstuch, nur diesmal schneller. Überrascht saugt Lorens Opfer die Luft ein, dabei entweicht ihm ein kehliger Laut.

Grinsend drückt Loren zu, allerdings so sanft, dass der Mann weiterhin gut Atmen kann. Unsicher ob er wirklich Loren vor sich hat, schlingt er seine Hände um den Jungen. Dabei dreht er ihn ruckartig um, schiebt seine Haare zur Seite, so dass die Schnittwunde seiner Initialen zum vorschien kommt. „Loren.", haucht Andrej ihm gegen sein Ohr. „Das kitzelt!" „Ich dachte du stehst nicht auf Männer. Also weshalb dann ein männlicher Stripper?", raunt Andrej Loren zu. „Meine Freunde, sie fanden das wohl lustig!" Kurz herrscht Stille, so dass beide ihren Gedanken nachhängen können.

Um das unnatürliche Schweigen zu brechen, seufzt Loren. „Stripper also?", fragt Loren nach. „Mh seit ein paar Monaten." Erneut schweigen sich die Beiden an, bis Traver sich am Türrahmend anlehnend räuspert. „Deine Freunde vermissen dich Loren und du solltest dich auf deinen nächsten Auftritt auf der Hauptbühne vorbereiten Ace.", meint Traver im Plauderton. „Ace?", fragt Loren flüsternd. „Ja Ace. Gefälschte Papiere, damit ich aus Russland ausreisen konnte." Tuschelnd stellen sie sich nebeneinander an die Bar. Andrej nimmt eine Flasche von hinter der Bar, stellt diese auf den Tresen, öffnet sie um einen Schluck zu nehmen. Danach reicht er sie Loren. „Ich sollte besser nicht. Immerhin muss ich gleich noch zur Uni marschieren um dort zu pennen.", lehnt Loren ab. „Ich wohn gleich auf der anderen Strassenseite, du darfst gerne bei mir übernachten.", bietet Andrej an. „Dürfen meine Freunde auch bei dir schlafen?" Lorens Unsicherheit spiegelt sich in seiner Stimme wieder. „Stell sie mir vor, dann entscheide ich." „Und wie soll ich denen erklären, dass wir bei dir, meinem Geschenk, schlafen sollen?" „Deine Aufgabe. Ich muss arbeiten!"

„Hey Leute, ähm sorry wegen meinem Verhalten?", versucht Loren seine Freunde in ein Gespräch zu verwickeln. „Alles gut bei dir?", fragt Jace besorgt. „Ja ja alles klar. Ähm ich kenn den Typen, den ihr mir geschenkt habt…" Seufzend setzt sich Loren hin, weil seine Freunde neben sich aufs Sofa tätscheln. „Ihr seid die besten! Danke Leute. Also da ich den Typ kenne und ich wirklich keine Lust habe zur Uni zu marschieren wie ein Vollidiot, werde ich bei ihm pennen. Ihr alle seid herzlich dazu eingeladen." „Woher kennst du den Typen?", fragt Nero kleinlaut nach. „Er war einst mein Babysitter, bitte fragt nicht weiter nach, es ist so schon peinlich genug!", weicht Loren geschickt aus. „Wo wohnt der Typ denn?" Glücklich lächelt Loren, dabei weist er auf den Ausgang. „Gleich gegenüber." Wie so oft stimmt die Gruppe Demokratisch ab, wobei nur Liam und Jace ein ungutes Gefühl haben.

Die Jungen betrinken sich weiterhin, dazu werfen sie ab und zu eine Pille ein. Die Stimmung ist ausgelassen. Locker geht Jace auf eine der Damen zu, die sich auf einer kleinen Bühne auszieht. Grinsend beobachtet er sie, bevor er ihr einen Schein ins Höschen steckt. Doch als er sie berühren will,

schreitet Traver ein. „Anfassen verboten Jace!",
knurrt Traver seinen kleinen Bruder an. Währenddessen schleicht sich Liam zu Andrej. „Was willst
du Kleiner?", fragt er auf Russisch. „Dir miss-
trauen du Arschloch! Loren kannst du vielleicht
täuschen, aber du bist garantiert nicht harmlos o-
der gar handzahm, wie er dich gerne mal nannte."
„Ach und dein Held Romanov soll ein Unschulds-
lamm sein?" Stockend schaut Liam Andrej in die
Augen, dabei muss er seinen Kopf in den Nacken
legen. „Es geht hier nicht um ihn! Lass dir was
einfallen, weswegen wir nicht bei dir Schlafen
können! Ich trau dir nicht und will nicht in irgend-
einem Graben enden!", faucht Liam den hämisch
lachenden Russen an. „Keine Sorge du passt nicht
in meinem Beuteschema.", flüstert Andrej Liams
ins Ohr, nachdem er sich zu ihm runtergebeugt
hat. „Aber Loren.", entweicht es Liam. „Mh, aber
auch ihm werde ich vorerst nichts tun, also reg
dich ab. Ach, und Romanov vermisst dich.",
haucht Andrej dem paralysierten Jungen zu. Seine
Augen sind geweitet, sein Gesicht wird blass.

Kaum entdeckt Loren Liam so vor Andrej hüpft er
von dem Sofa, torkelt auf die beiden Männer zu.
„Lass ihn Andrej!" Dabei schubst Loren Andrej

von Liam weg. „Hey Li ich bin hier und beschütze dich!", lallt Loren bevor er gefährlich schwankt. Durch kurzes anrempeln verlässt Liam seine starre. „Was hat er zu dir gesagt?", fragt Loren den verängstigten Jungen neben sich. „Ähm nichts.", lügt Liam ungeschickt. Natürlich weiss Loren, dass etwas nicht stimmt, aber im Moment ist es ihm egal. „Komm die anderen warten auf dich, wir wollen noch was saufen!" Ohne wiederstand lässt sich Liam mitziehen.

Eine hitzige Diskussion bricht zwischen Traver und Ace aus. Nach kurzer Zeit brüllen sie sich gegenseitig an. Woraufhin ein Türsteher reinstürmt und sie zum Schweigen bringen will, nur leider hat er keinen Erfolg. Betrunken torkelt Loren zu Andrej hin, kurz bevor er ihn erreicht stolpert er über seine eigenen Füsse. Erschrocken klammert er sich an Andrej, der von der Wucht Lorens zu Boden gerissen wird. Nach einigen Sekunden setzt sich Loren auf, bleibt allerdings auf Andrej sitzen. „Tust du mir den gefallen und stehst auf Loren?", fragt Andrej. Loren entgeht der scharfe Unterton in Andrejs Stimme nicht, dennoch grinst er ihn an, verlagert sein Gewicht ein bisschen, bevor er ihn unschuldig anschaut. „Loren!", faucht Andrej nun sichtlich gereizt. Doch dieser legt nur seine Hände um Andrejs Hals, erst drückt er nur sanft, dann aber immer fester. Mit einem Ruck befreit sich Andrej als es ihm zu viel wird. Wie erstarrt schauen alle auf das Geschehen. „Das reicht Loren!" Da er immer noch keine Anstalten macht aufzustehen, dreht sich Andrej mit ihm, so dass er nun zwischen seinen Beinen liegt, die Hände aufgestützt, damit er Loren nicht erdrückt. Schamesröte steigt Loren ins Gesicht, als er die verstörten Gesichter seiner Freunde sieht. „Entschuldige bitte.", nuschelt Loren sanft, dabei schaut er Andrej auf die Brust. „Schon ok. Aber lass die Erwachsenen miteinander reden."

Traver macht einen überraschten Laut, als er Andrejs Hals sieht. „Ist es bereits blau?" Ohne sich zu äussern weiss es Andrej schon. „Der Kleine drückt ganz schön kräftig zu.", meint Andrej lachend. „Aber nun zu unserm kleinen Streit. Wenn du nicht willst, dass Jace und seine Freunde bei mir Übernachtet, dann sag das doch einfach und schrei mich nicht an! Das ist wirklich kein Problem, allerdings wird Loren sicher bei mir schlafen wollen. Immerhin ist er ziemlich hinüber und kann nicht zur Uni gehen. Somit hast du genug

Platz in deinem Auto um die anderen zu fahren."
„Der Junge wollte dich gerade eben erwürgen!
Und du willst ihn bei dir schlafen lassen?" „Klar,
immerhin kenn ich Loren und weiss, dass es nur
Spass war, der ein wenig über die Strenge schlug,
also alles kein Problem." „Sicher, dass du nicht die
Polizei informieren willst?" „Traver der Kleine ist
mir körperlich unterlegen.", beruhigt Andrej sei-
nen Arbeitskollegen. Zum Glück waren nur noch
Loren und seine Freunde hier.

Etwa zehn Minuten später machen sich Lorens
Freunde mit Traver auf den Weg zur Uni, in dieser Zeit muss Loren mit Andrej im Club warten,
falls noch Kunden kommen sollten. Was glückli-
cherweise nicht der Fall ist. „Wieso sträubte sich
Liam so?", fragt Andrej auf einmal. „Weil er dir
nicht traut und ich ihm ein bisschen etwas über
unsere Beziehung verraten habe. Er macht sich
sorgen, dass du mich aufschlitzt." „Möglich wäre
es ja schon.", spricht Andrej seine Gedanken aus.
„Das ist nicht lustig Andrej!", mault Loren. „Doch
schon.", murmelt dieser, dabei lächelt er sein
schiefes Grinsen. „Kann ich noch so ne Pille haben?" „Du weisst das diese Pillen schwache Dro-

gen sind oder?" „Was echt?", fragt Loren gekünstelt überrascht. „Wie viele hattest du schon?" In Gedanken zählt Loren, dabei wird er immer abwesender, so dass Andrej ihn aus seinen Gedanken reissen muss. „So wie du zählst, genug! Aber wenn du in Zukunft öfter hier bist, gebe ich dir einmal etwas wirklich Gutes. Also bei mir Zuhause nach meiner Schicht. Und jetzt komm, Traver wird gleich wieder hier sein." Als ob er Traver heraufbeschworen hätte, öffnet dieser in dem Moment die Tür.

Etwas zwischen tragen und schleppen in, befördert Andrej Loren in seine Wohnung, die im ersten Stock liegt. Kaum legt Andrej Loren in sein Bett, beginnt dieser zu strampeln. Nach ein paar versuchen schafft er es dann sich die Hose zu öffnen, sowie das Hemd, samt Muskelshirt auszuziehen. Eine Hand legt er dann auf seinen Bauch, die andere unter seinen Kopf. Damit Loren nicht friert, deckt Andrej ihn noch zu, um sich auf das Sofa zurück zu ziehen.

## 10

Eingekuschelt in der Decke, schlägt Loren seine
Augen auf. Überrascht allein in einem fremden
Zimmer zu erwachen, reibt er sich den Schlaf aus
den Augen. „Mara?", fragt er erst leise, dann ruft
er den Namen. „Nein nicht ganz.", antwortet ihm
eine tiefe Stimme vom Türrahmen her. Verwirrt
schaut Loren den Mann an, bis er ihn erkennt. „A-
Andrej?!" „In Fleisch und Blut, zu deinen diens-
ten.", scherzt er. „Wo bin ich? Und wo sind meine
Freunde?" „Bei mir und in der Uni. Erinnerst du
dich noch an etwas?" „Nur noch so bruchstück-
haft, aber das kommt schon." Wegen seinem heftigen Kater setzt Loren sich nur langsam auf. Ohne
Aufforderung bringt Andrej ihm ein Glas Wasser
und ein Aspirin.

„Dein Handy klingelt übrigens seit gut einer
Stunde sturm.", meint Andrej beim Frühstück. Erschrocken tastet Loren seinen beinahe nackten
Körper ab. „Es ist auf dem Salontisch." Wie von
der Tarantel gestochen springt Loren auf, bereut
es kurz darauf aber, da er sich unfreiwillig erneut
hinsetzt. Amüsiert beobachtet der essende Russe

den Jungen vor sich. Welcher es erneut versucht, nur langsamer.

Kaum berührt Loren sein Handy, beginnt es erneut zu klingeln. Auf dem Display erscheint Liams Name und ein Foto von ihm. „Morgen Li.", nimmt Loren gähnend ab. „Ah Gott sei Dank du lebst!", stellt Liam erleichtert fest, bevor er ihm eine Standpauke hält. „Beruhige dich Li, es ist alles gut und Andrej ist ein echt guter Gastgeber. Wir frühstücken gerade zusammen, dann bringt er mich Nachhause oder zur Uni, je nachdem wo ihr seid.", erklärt Loren schmunzelnd. Ein angenehmes Glücksgefühl beschleicht ihn, weil Liam sich ernsthaft Sorgen um ihn machte. Unbegründete aber trotzdem. „Du strahlst ja richtig! Wen hattest du dran?" „Liam." „Also du und er mh?" „Was nein! Er wohnt bei mir und wir sind beste Freunde, mehr nicht!", verteidigt Loren sich. Ein piepen verrät Loren, dass er eine Textnachricht erhalten hat. Ungeschickt greift er nach dem Handy auf dem Tisch, dabei knallt es auf den Boden. Seufzend hebt er es auf, um die Nachricht zu lesen.

Hey Loren, wir sind in etwa zehn Minuten bei dir, also vor dem Club. Wir wollen Nachhause… P.S. wir müssen über dein Verhalten von gestern sprechen!!! Li

„Ich werde gleich abgeholt, kann ich meine Sachen zurückbekommen?" „Sie liegen auf dem Stuhl im Zimmer. Willst du noch duschen?" „Nein keine Zeit. Meine Freunde sind bereits auf dem Weg hier hin, also zum Club.", ruft Loren auf dem Weg ins Schlafzimmer.

Ein echt übler Alkoholgestank umschwirrt seine Kleidung, daher entscheidet er sich nur seine Hose anzuziehen und den Rest stiehlt er aus Andrejs Kleiderschrank. „Sind das meine Sachen?", fragt Andrej, kaum tritt Loren ihm unter die Augen. „Ja sind es. Ist es in Ordnung?", fragt er sicherheitshalber nach. „Selbst, wenn nicht, du trägst das Zeug schon. Deine Freunde sind unten." „Danke, dass ich hier übernachten durfte.", verlegen schaut Loren auf den Boden. Nach einer kurzen Verabschiedung marschiert Loren zu seinen Freunden.

„Du hast uns einiges zu erklären!" begrüsst Jace ihn. „Werde ich. Kommt gegen Abend vorbei und ich erklär euch alles." Der kurze Marsch zur Bushaltestation vergeht, wie die Fahrt selbst, schweigend. In Gleissich angekommen, verabschieden sie sich.

Da Loren seinen Schlüssel nicht finden kann, sperrt Liam die Haustür auf. Leises schluchzen dringt aus der Küche zu ihnen. Mitsamt Schuhen rennen die Beiden in die Küche. Auf einem Stuhl sitzt Susy, den Kopf in die Hände gedrückt. „Mom?", macht Loren auf sich aufmerksam. Betrübt hebt seine Mutter den Kopf, ihre Augen sind rot vom Weinen. Erschöpft streicht sich die Frau ihre Wangen trocken. „Was ist passiert Susy?" fragt nun Liam vorsichtig. „I-Ich wurde hmpf wurde ent-entlassen.", schluchzt sie herzzerreissend. Während Loren sie in den Arm nimmt, streichelt Liam ihr über den Rücken. Beide flüstern Sätze wie: „Alles wird wieder gut." oder „Die wissen gar nicht was sie an dir hatten!" Es dauert eine Weile bis Susy sich beruhigt hat und ein entschuldigendes Lächeln aufsetzt.

Zu Mittag gibt es Pizza. „Ist es ok, wenn nachher noch Freunde vorbeischauen?", fragt Loren mit vollem Mund. „Ja Schätzchen, aber schluck das nächste Mal erst runter.", belehrt ihn seine Mutter. „Loren und ich werden uns Aushilfsjobs suchen, damit wir dir finanziell helfen können.", platzt Liam plötzlich heraus. Überrascht schaut Susy die Beiden an. „Aber das müsst ihr nicht, ich finde sicher schnell etwas und ausserdem haben wir ein kleines Polster." „Aber wir wollen es so Mom, Liam und ich haben ausgiebig darüber gesprochen und waren uns einig.", beharrt Loren.

Während Susy die Küche aufräumt, klingelt es. Wie immer reisst Jace die Tür einfach auf, ruft laut: „Hallo.", und tritt mit Tim und Nero ein. Da Dylen gestern nicht dabei war, kommt er später vorbei. Schnell verziehen sich die Herren in Lorens Zimmer.

„Also was war gestern mit dir los? Und das mit dem Babysitter kannst du dir sparen. Traver meinte er sei erst seit ein paar Monaten hier, davor lebte er in Russland!", fällt Jace mit der Tür ins Haus. „Na gut ich kenn Ace aus Russland. Wie ihr noch wisst, bin ich letzten Herbst mit Liam länger geblieben und da habe ich Ace kennen gelernt. Ich habe euch angelogen, weil ich nicht wollte, dass ihr mir peinliche Fragen stellt." Saugt Loren sich die nächste Lüge aus den Fingern. Nero nickt nur, doch Jace weiss von dem Aufenthalt im Gefängnis und ahnt böses. Als er dann noch Liam nicken sieht, stellt es ihm die Haare im Nacken auf.

„Geh mal auf Toilette.", meldet sich Nero. „Und ich hol Chips.", fügt Tim hinzu. Diesen Moment nutzt Jace aus, um Loren und Liam über Ace auszuquetschen. „Woher kennst du den Typen wirklich?" „Aus dem Knast. Er war mein Zellengenosse.", entgegnet Loren locker. „Was hat er getan? Und weswegen ist er nun frei?" „Er wurde wegen fünffachem Mord angeklagt und verurteilt. Aber es wurde ein Fehler gefunden und nun ist er frei und lebt hier.", rattert Loren herunter. „Fünffach?" „Mh. Aber er ist nicht so. Wir verstehen uns super und er würde mir auch nie etwas antun, geschweige denn meinen Freunden, also ist er keine Gefahr.", versichert Loren ruhig. Unruhig kaut Liam auf seinen Lippen herum, bis er es nicht mehr aushält. „Ich wäre mir da an deiner Stelle nicht so sicher. Andrej ich meine Ace sagte mir Gestern, dass er mir und den anderen nichts antun würde, weil wir nicht in sein Beuteschema passen würde, aber du…", er lässt den Satz unvollendet. „Fängt du schon wieder damit an Liam! Er tut mir nichts! Und wird es auch nie!" „Wenn du meinst.", gibt Liam nach. Genau in diesem Moment kommt Nero von der Toilette zurück. „Zocken?", fragt dieser nur. Alle nickten.

Gegen Abend schaut Dylen noch vorbei. „Und wie war`s Gestern? Ich hätte gerne dein Gesicht gesehen, als du einen Stripper auf der Schoss hattest.", grinst der Neuankömmling. „Soweit kam es leider nicht, da Lorilein den Typen betatschen wollte. Später erfuhren wir, dass sie sich kennen.", entgegnet Nero mit diabolischem Grinsen. „Oh Mann da habe ich aber was verpasst. Na egal, ich hatte mit Miranda Gestern auch ein schönes Date und mehr.", Zwinkernd grinst er in die Runde. Der restliche Abend vergeht schnell, viel zu schnell.

Noch zwei Wochen Ferien und Susy sucht immer noch fieberhaft einen Job, da sie die Jungs wegen dem Polster angelogen hat. „Ähm Mom, Li und ich gehen in die Stadt. Vielleicht ins Kino oder so."

Um ihre Lüge zu schützen, reicht Susy ihnen je einen Zwanziger. „Habt Spass.", verabschiedet sie sich.

Im Bus lüftet Loren den wahren Grund weswegen er in die Stadt fahren will. „Also ich muss zu Andrej, ihm seine Sachen zurückgeben und dann muss ich mir irgendwo einen Job suchen gehen. Mom hat kein finanzielles Polster, keine Ahnung weswegen sie gelogen hat, aber ich sah erst gestern einen Kontoauszug und der sah wirklich nicht gut aus." „Gut ich such mir auch was, immerhin darf ich bei euch wohnen und so."

Klingelnd warten Liam und Loren darauf, dass Andrej öffnet. Was er auch nach einigen Minuten tut, allerdings ist er leicht verschwitzt und trägt nur ein Tuch um die Hüften. „Wir kommen später wieder!", meint Liam, dabei versucht er Loren von der Tür wegzuziehen. Nur leider wehrt sich Loren dagegen. „Nein nein, kommt ruhig rein. Ich werde sie wegschicken." Andrej öffnet die Tür weiter, damit Loren und Liam eintreten können.

Wie angedeutet tritt eine Frau aus Andrejs Schlafzimmer. Sie scheint echt wütend zu sein, dass er sie vor die Tür setzt. Ihn lässt das absolut kalt, daher reagieren die beiden Jüngeren, welche auf dem Sofa sitzen, ebenfalls nicht. Nur mit Boxershorts und einem Shirt bekleidet nimmt Andrej den Beiden gegenüber Platz. „Wie kann ich helfen?", fragt Andrej höflich, dabei bietet er ihnen ein Glas Wasser an. „Ich wollte dir nur deine Sachen zurückgeben. Wir wussten ja nicht, dass du solchen Besuch bei dir hast.", murmelt Loren, der rot wie eine Tomate ist. „Passt schon, sie war eh nicht sonderlich gut. Danke fürs zurückbringen. Kann ich sonst noch etwas für euch tun?" „Ähm ja vielleicht. Wir suchen einen Job, weisst du wen, der jemanden braucht?", fragt Liam unsicher nach. „Oh sieh an Romanovs Liebling hat seine Stimme wiedergefunden!", spottet Andrej, doch Loren bremst ihn harsch. „Halt die Klappe oder wir gehen!" Sofort verschwindet das fiese grinsen in Andrejs Gesicht. „Ja ich kenn wen, aber das ist vielleicht nicht ganz passend." „Wird's gut bezahlt?», stellt Loren die wichtigste Frage. „Ja schon." „Dann rück raus mit der Sprache!", drängt Loren. „Traver braucht Unterstützung hinter der Bar und Sascha geht Ende diese Woche, also fehlt ein männlicher Stripper." Errötend schauen sich die Jobsuchenden an. „Wie hoch ist die Bezahlung?", fragt Liam beschämt. „Kommt ich bringe euch zu Stan."

## 11

Nervös folgen Liam und Loren Andrej. Er sperrt
die Tür zum Club mit einem Schlüssel auf. „Hey
Stan! Bist du da?", ruft Andrej in das leere Gebäude. „Büro.", ruft eine Stimme zurück. Selbstsicher tritt Andrej ins Büro, winkend ruft er seine
Begleiter ebenfalls hinein. „Ja?", fragt nun Stan
neugierig. „Hallo, ich bin Loren und das hier ist
Liam. Wir äh wir haben Interesse an den beiden
Jobs, die Sie vergeben." „Ach habt ihr das? Nun
kennt ihr euch denn mit sowas überhaupt aus?"
kopfschüttelnd senken beide ihre Köpfe. Nun
kommen sie sich echt dumm vor. „Die sind nicht
dumm Stan, lass sie Probearbeiten, dann sehen
wir wie es läuft.", versucht Andrej seinen Boss zu
überzeugen. „Puh. Gut heute Abend könnt ihr
Probearbeiten kommen, es wird eine Gesellschaft
Geschäftsleute hier sein. Ihr werdet diese bedienen. Und wehe dir Ace, wenn diese Beiden es ver-
masseln! Dann wirst du diesen beschissenen Auftrag von Lionel annehmen!", droht Stan kühl.
Schwer schluckend nickt Andrej.

Kaum fällt die Bürotür hinter Liam ins Schloss, fragt Loren auch schon: „Welcher beschissene Auftrag?" „Nichts! Vermasselt es nur nicht!" Nachdem Andrej ihnen ein passendes Kostüm für den Abend ausgesucht hat, nimmt er sie erneut zu sich in die Wohnung.

„Die Schicht beginnt um neun Uhr, also kommt um halb zu mir, damit ihr euch hier umziehen könnt. Ihr werdet Bestellungen entgegennehmen und sie Traver melden. Dieser wird das gewünschte Getränk mischen, welches ihr dann dem Kunden bringt und abkassiert. Soweit alles verstanden?" „I-Ich kann das nicht.", nuschelt Liam entschuldigend. „Vielleicht braucht der Supermarkt um die Ecke noch eine Aushilfe." Nickend macht sich Liam auf den Weg. Sein schlechtes Gewissen plagt ihn. Aber er fühlt sich panisch, wenn er an das Kostüm denkt und die fremden Leute, die ihn so sehen werden. „Willst du auch gehen?", fragt Andrej vorsichtshalber nach. „Ich kann nicht, meine Mom braucht das Geld, sie hat ihren Job verloren und …", seufzend lässt Loren sich ins Sofa sinken. „Was und?" „Ich fühle mich dafür verantwortlich, keine Ahnung. Ich muss ihr einfach helfen, immerhin tut sie alles für mich."

Loren musste den ganzen Tag in Andrejs Wohnung in kurzen, enganliegenden Shorts und einem Netzoberteil herumlaufen, damit er sich daran gewöhnen kann. Doch jedes Mal, wenn Andrej sich näherte, wurde Loren rot, sah beschämt auf den Boden und wurde dadurch unsicher. „Geh aufmachen, es hat jemand geklopft!", befiehlt Andrej Loren, der das Klopfen nicht hörte. Unsicher öffnet Loren die Tür, wo Liam grinsend wartet. „Ich habe einen Aushilfsjob im Supermarkt, immer mittwochs, freitragabends und samstags. Nur der Lohn ist nicht so grossartig, aber immerhin." „Komm doch bitte rein.", flüstert Loren, der sich so gut es geht mit den Händen verdeckt.

Um halb Neun marschiert Liam zur Busshaltestelle und Loren mit Andrej in den Club. „Mir ist schlecht.", jammert Loren. „Das legt sich mit der Zeit. Loren bitte benimm dich und mach einfach dasselbe wie ich, wenn ich serviere."

Um punkt Neun kommen wie erwartet elf Personen in den Club. Andrej geht selbstsicher auf die Kunden zu, während Loren sich hinter Andrej versteckt. „Guten Abend die Damen und Herren.

Bitte setzten Sie sich, machen Sie es sich gemütlich. Der erste Auftritt beginnt in wenigen Minuten. Lu und ich werden euch den Abend über bedienen, daher scheuen Sie nicht uns anzusprechen, wenn sie irgendwelche Wünsche haben."
„Ich hätte da ein Anliegen, ich werde alles übernehmen, daher bitte ich sie alles auf eine Rechnung zu schreiben, was meine Angestellten konsumieren." „Natürlich Sir.", entgegnet Andrej gelassen. Dann macht er die erste Runde, fragt alle nach Getränken oder ob sie Lust haben etwas zu essen. Neidisch beobachtet Loren Andrejs selbstbewusstes Auftreten.

Nach zwei Stunden fühlt Loren sich immer noch nicht besser, daher verzieht er sich hinter die Kulissen. Natürlich fällt sein verschwinden schnell auf, daher entschuldigt sich Andrej höflich, um nach Loren zu sehen. Dieser hängt mit dem Gesicht in der Kloschüssel, seine Knie schmerzen vom harten Boden, die Hände zittern. „Geht`s?", fragt Andrej erschrocken. „Nein, nach was sieht das hier aus? Urlaub?", murrt Loren genervt. „Entspann dich Loren! Atme tief ein und aus.", beruhigend streichelt Andrej Loren über den Rücken. „Bitte lass das, es ist mir unangenehm." Obwohl Loren ihn darum bat aufzuhören, macht Andrej seelenruhig weiter, bis er ihn unsanft im Nacken packt und gegen die Wand drückt. „Hör zu Lu, wenn du nicht in fünf beschissenen Minuten wieder am Servieren bist, dann wirst du es bereuen, das verspreche ich dir! Wenn du Beruhigungsmittel oder so brauchst, dann frag einfach!", zischt Andrej aggressiv. Nicken unterdrückt Loren den ersten Schluchzer, doch nur mit mässigem Erfolg. Überraschenderweise schlingt Andrej nun seine Arme um ihn, drückt ihn fest gegen seine muskulöse Brust. Beruhigend murmelt er auf ihn ein, bis sich Loren aus seiner Umarmung ringt. „Schliess deine Augen, ich werde dir gleich etwas verabreichen, was dich entspannen sollte."

Gehorsam tut Loren wie geheissen. Ein kurzer Stich in den rechten Arm, auf Höhe Ellenbodeninnenseite, lässt ihn scharf die Luft einsaugen. Trotzdem lässt er seine Augen geschlossen. Mit druck streichelt Andrej die Stelle, in der vor kurzem eine Nadel steckte. Es dauert keine drei Minuten, da kann Loren sich hervorragend entspannen, dennoch bleibt er konzentriert.

Ende der Schicht werden, die Beidem in Stans
Büro beordert. „Glück gehabt Ace. Erst dachte ich,
dass Lionel endlich bekommt was er so gerne will,
aber der Kleine hat sich dann doch wirklich gut
zusammengerissen." Dann wendet sich Stan an
Loren. „Und willst du den Job?" „Ja.", nuschelt er
obwohl seine Gedanken laut: Nein!!! brüllen. „Ich
würde dich gerne so oft wie möglich hier haben.
Da du aber noch zur Schule gehst, kann ich dich
nicht länger als Mitternacht hier arbeiten lassen...", plappert Stan vor sich hin. „Wie wäre es
Mittwoch und Donnerstag von neun bis zwölf
Uhr und Freitag, Samstag die ganze Schicht?"
„Wie viel bekomme ich?", hackt Loren nach bevor
er zusagt. „Zwanzig pro Stunde, das heisst du ser-
vierst nur, wenn du mehr machst, erhältst du
mehr.", erklärt Stan, dabei reicht er ihm einen
Umschlag mit fünf Zwanziger Schienen. „Danke.
Darf ich während den Ferien jeden Abend eine
Schicht übernehmen? Also von neun bis drei?"
„Du scheinst es wirklich nötig zu haben... Von
mir aus gerne." Damit scheint das Gespräch zu
ende, denn Andrej entfernt sich aus dem Büro.

Draussen vor dem Club presst Andrej Loren gegen die kalte Steinwand. „Wie glaubst du um drei

Uhr morgens noch Nachhause zu kommen?" „Ich dachte ich könnte bei dir bleiben." „Stell dir vor ich würde nein sagen?! Was würdest du dann tun?" „Stan Fragen ob ich bis am Morgen hinten schlafen dürfe." „Du bist verrückt! Vollkommen durchgeknallt! Was sagst du Liam und deiner Mutter?" „Liam die Wahrheit und meiner Mutter erzähle ich, dass ich in einem Laden die Nachtschicht übernehmen werde." Seufzend lässt Andrej von dem Jungen ab, den er am liebsten Schlagen würde.

„Wann bist du mit der Schule fertig?", fragt Andrej plötzlich aus dem nichts. „Diesen Sommer, dann werde ich hoffentlich an der Uni hier zugelassen." „Was willst du den studieren?" „Ich habe mich für das Soz. Studium angemeldet." „Und Liam?" „Der will Recht studieren oder keine Ahnung etwas mit Gesetz. Todlangweilig!"

## 12

„Ich fahr dich Nachhause!", Andrejs Stimme lässt keinen Wiederspruch zu. In seinem Wagen lehnt Loren sich gegen das kalte Fenster. „Hör auf, auf deiner Lippe herum zu kauen! Das macht mich nervös!" Entschuldigend blickt Loren zum Fahrer. „Wieso bist du sauer auf mich Andrej?" „Ich bin nicht sauer auf dich. Es ist nur, indem du bei mir schläfst, nimmst du mir einen grossen Teil meiner Freiheit. Verstehst du?" Kopfschüttelnd schaut Loren, naiv wie er ist zu Andrej, der sich schnaufend durch die Haare streicht. „Sex Loren!" Errötend blickt er nun auf seine Beine. „H-Hast du oft, du weisst schon?" „Du bist so verdammt unschuldig Loren! So oft es geht und dazu kommen meine anderen Neigungen, die du bereits kennst...", führt Andrej seine Erklärung weiter. Hingegen Loren sich nur noch ein tiefes Loch im Boden wünscht, in dem er sich verstecken könnte. Gerade als Loren etwas erwidern will, fragt Andrej, wo er nun hinmüsse. Kurzerhand erklärt Loren den Weg, somit stehen sie wenig später vor seinem Haus.

Erstaunt blickt Loren zu der Eingangstüre. Es brennt noch Licht. Wieso zum Teufel brennt noch Licht, fragt sich Loren in Gedanken. Doch als seine Mutter rausstürmt, kennt er den Grund. Sie hat wohl bemerkt, dass er noch nicht zurück ist. Schützend versteckt Loren sich hinter Andrej, der ihn grinsend mustert. „Loren wo warst du? Ich habe mir solche Sorgen gemacht! Du nimmst dein Handy nicht ab und Liam spricht auch nur in Rätseln!" „Arbeiten. Nachschicht. Laden.", stottert Loren einige unzusammenhängende Worte.

„Und Sie, wer sind Sie überhaupt?!", giftet Susy nun Andrej an, da ihr Sohn so eingeschüchtert von ihr ist, dass er keinen geraden Satz mehr herausbekommt. Wenig beeindruckt reicht Andrej ihr seine Hand. „Guten Abend. Mein Name ist Ace und ich bin ein Arbeitskollege Ihres Sohnes. Bitte beruhigen Sie sich erstmal und lassen Sie uns reingehen." Überrascht den Mann nicht mit ihrer aggressiven Haltung verscheucht zu haben, bittet sie ihn nun ins Wohnzimmer.

Eine Flasche Whisky steht auf dem Salontisch. Bei genauem betrachten erkennt Andrej, dass sie leer ist. Schade, denkt er sich. Ohne Aufforderung setzt er sich aufs Sofa, zieht Loren neben sich. „So junger Mann! Was hast du zu deiner Verteidigung zu sagen!" „Er wird gar nichts sagen Miss Jonson. Loren ist erwachsen und kann selbst entscheiden was er tun will und was nicht. Ihrer Reaktion nach zu urteilen, wissen Sie bereits, dass er im Blue Ocean arbeitet. Und wenn er das möchte, wird er es weiterhin! Zukünftig wird er vier Nächte bei mir übernachten. Selbstverständlich werde ich ihn zur Schule fahren und dafür sorgen, dass seine Noten gleichbleiben oder besser werden!" „Wie können Sie es wagen!", brüllt Susy Andrej an, dabei erhebt sie ihre Hand so, als ob sie ihn schlagen möchte. Doch als Andrej aufsteht, um sich vor ihr zu positionieren, weicht sie zurück. „Bitte lass es And… Ace." Zaghaft zieht Loren an seinem Arm, damit er sich zurück auf das Sofa fallen lässt.

Stille. Alle sitzen auf den gepolsterten Möbeln, doch keiner sagt etwas. Räuspernd setzt Andrej sich anders hin. Erneut kehrt Stille ein. „Wenn du weiterhin dort abreiten willst, brauchst du nicht mehr Nachhause kommen!", stellt Susy auf einmal klar. In der Hoffnung, dass Loren sie so sehr liebt, dass er seinen neuen Job aufgibt, doch da täuscht sie sich. „Mom wir brauchen das Geld.", versucht Loren sich zu erklären, doch sie schüttelt nur erbarmungslos den Kopf. „Aber nicht so.", meint sie noch angewidert. „Geh und pack deine Sachen Loren! So lange Miss Jonson dich nicht mehr haben will, wirst du bei mir bleiben." Erneut duldet Andrejs Stimme keine wiederworte, daher packt Loren schnell das wichtigste ein, denn er geht davon aus, dass seine Mutter ihn Morgen anrufen wird, um ihn zurück Nachhause zu holen.

Im Wagen füllen sich Lorens Augen mit Tränen. „So kenn ich sie gar nicht.", Trauer schwingt in seiner Stimme mit. „Sie war offensichtlich angetrunken und wütend, mach dir keine allzu grossen Sorgen Lu.", muntert Andrej ihn auf.

Erneut sperrt Andrej seine Wohnung auf, nur diesmal folgt ihm ein verschlafener Loren. Ohne sich umzuziehen lässt Loren sich auf das Sofa fallen, schliesst die Augen und ist bereits wieder im Land der Träume. Murrend holt Andrej ihm eine Wolldecke, damit er nicht feiert.

Verwirrt blickt Loren sich am nächsten Morgen um, die Sonne scheint ihm ins Gesicht, die Umgebung ist ihm erst nicht vertraut. „Wo bin ich?",

nuschelt er schlaftrunken. Keine Antwort. Müde
in den Augen reibend, steht er auf. Ein leckerer
Duft lässt ihm das Wasser im Mund zusammen-
laufen. Dem Duft folgend, marschiert er in die Küche, wo ein halbnackter Andrej am Herd steht.
„Morgen.", begrüsst Loren ihn. „Morgen, ich
dachte du schläfst noch." „Bin eben erwacht."
Andrej belegt zwei Teller mit Pfandkuchen, einen
reicht er Loren, dazu nimmt er sich ein Glas Orangensaft und Besteck. Zweifelnd ob er das Gespräch auf den gestrigen Abend lenken soll, stochert er in seinem Essen rum. „Meine Mom hat
noch nicht angerufen.", nimmt Loren Andrej die
Entscheidung ab. „Mh. Was willst du nun tun?"
„War das mit dem bei dir wohnen ernst gemeint,
oder wolltest du nur meine Mom vor den Kopf
stossen?" „Eher letzteres, aber ich werde dich
nicht vor die Tür setzen."

„Lass uns einkaufen gehen.", schlägt Andrej vor,
damit Loren aus seiner depressiven Phase auftaucht. Wiederwillig folgt er Andrej in die Stadt.
In einem Kleidergeschäft reicht Andrej Loren ein
weisses Hemd, dazu schwarze Hosen. „Was soll
das Andrej? Das Zeug ist viel zu teuer! Das kann
ich mir nicht leisten." „Natürlich nicht, deshalb

bezahle ich es für dich." An der Kasse fallen Loren beinahe die Augen aus dem Kopf, als die in grüner Schrift die Zahl 468.65 aufleuchten sieht. Ohne Zögern bezahlt Andrej alles mit seiner Karte. Nach diesem Geschäft folgen weitere und die Beträge bleiben immer ungefähr gleich hoch wie im ersten Geschäft.

Während sie in einem noblen Restaurant auf ihr Essen warten fühlt sich Loren fehl am Platz. „Du Andrej?" „Mh?" „Wie kannst du dir das alles leisten?" „Du hast mich nie etwas über meine Vergangenheit gefragt, ausser meinem Hobby. Wieso gerade jetzt?" Das Wort Hobby setzt er mit den Händen in Anführungszeichen. „Weil du sehr viel Geld für mich ausgibst und ich nicht weiss, wie ich es dir zurückgeben soll." „Das sollst du nicht.", unterbricht Andrej. „Aber…", versucht Loren es erneut, nur diesmal wird er von der Kellnerin mit ihrem Essen unterbrochen.

Genüsslich beisst Loren in ein paniertes Fischfilet, dazu hat er saftiges Gemüse und Reis auf dem Teller. Andrej schneidet mit einer unfassbaren Eleganz sein Steak, die Kräuterbutter verläuft auf dem hiessen Fleisch, welches noch leicht rosa ist.

Dazu steht ein Glas Rotwein vor ihm. Während Loren mit dem Reis kämpft, wickelt Andrej die Nudeln elegant um seine Gabel. „Ach Mist!", flucht Loren leise, als ihm der Reis kurz vor seinem Mund von der Gabel auf den Teller stürzt. Amüsiert beobachtet Andrej die Szene vor sich.

„Hat es geschmeckt?" fragt die junge Kellnerin an Andrej gerichtet, dieser bejaht ihre Frage, worauf hin sie ihn breit anlächelt. „Darf es noch ein Dessert sein? Oder Kaffee?" Erneut bejaht Andrej ihre Frage. Nachdem sie mit den Tellern davongehuscht ist, kommt sie gleich mit den Dessertkarten wieder. Dabei berührt sie Andrej leicht an der Hand. Loren muss zugeben, die Kellnerin ist echt heiss, braune vertrauenswürdige Augen, blonde mittellange Haare, schöngeformte Lippen, gut gebauter Körper. Als Andrej ihm einen nicht gerade sanften Tritt unter dem Tisch durchgibt, wird Loren jäh aus seinen schwärmerischen Gedanken gerissen. „Was?", fragt dieser angespannt. „Sieh zu und lerne.", meint Andrej als die junge Dame kommt um die Bestellungen entgegen zu nehmen.

„Was empfehlen Sie uns Miss?", raunt Andrej mit einer leicht kratzigen, tiefen Stimme. Sie errötet leicht, dann deutet sie auf ein Dessert in der Karte. Sanft legt Andrej seine Hand auf ihre, streichelt ihr mit dem Daumen über den Handrücken. „Das klingt sehr verlockend Miss." Kurzerhand nimmt sie Andrej und Loren die Dessertkarten aus den Händen, verschwindet hinter einer Tür. „Dein Ernst? Du flirtest nur mit ihr. Was soll ich dabei schon lernen?", spottet Loren. „Warts ab." Siegessicher lächelt Andrej Loren an, bis er auf eine verruchte Idee kommt. „Wetten wir, dass die Kleine mir ihre Nummer gibt und ich sie heute Abend noch bei uns vernaschen kann?" „Um was willst du wetten?" „Mh.", überlegt Andrej gekünstelt. Natürlich hat er sich von Anfang an einen Plan ausgedacht. „Wie wäre es, wenn ich gewinne schuldest du mir einen Gefallen, egal was. Wenn du gewinnst kannst du dasselbe von mir verlangen." „Abgemacht."

Wie Andrej erwartet hat, liegt neben seinem Dessert ein Zettel mit einer Nummer und Namen drauf. Unmerklich wird Loren nervöser, denn er erwartete das Gegenteil. „Ähm kann dieser Gefalle alles sein, oder gibt es Einschränkungen?" „Wie ich sehe bekommst du kalte Füsse. Aber wie ich sagte, egal was und dabei bleibe ich." Erneut

schluckt Loren schwer, so dass Andrej ihn hören
kann.

## 13

Zu Lorens bedauern sagt die Kellnerin auf
Andrejs Angebot, ihn heute Abend zu besuchen,
ja. „Wie willst du mir beweisen, dass du sie, du
weisst schon…?", fragt Loren schüchtern, da er
bereits ahnt, die Antwort auf seine Frage könnte
ihm nicht gefallen. „Ganz einfach, nachdem ich in
meinem Zimmer verschwunden bin, kommst du
so nach fünfzehn Minuten einfach rein und er-
tappst uns." Erneut zeigen seine Finger Anführungszeichen bei dem Wort ertappen. „Wuäh! Ich
will so was nicht sehen!" Gespeilt würgt Loren,
dennoch meint er diese Geste Tod ernst. „Oh
wow, in unserer Zelle musstest du dich vor mir,
wie soll ich es schön ausdrücken, erleichtern und
jetzt kriegst du Panik, weil du mich auf einer süssen Frau sehen müsstest?! Versteh mal einer deine
Logik!" „Ach halt die Klappe!", zischt Loren. „Na
na Loren, vergiss nicht das du auf mich angewie-
sen bist. Immerhin hat dich Mami vor die Tür gesetzt." Damit trifft er einen wunden Punkt bei Loren. Schweigend wendet sich Loren von Andrej
ab, da er kein Zimmer hat und nicht in Andrejs

Zimmer schmollen will, zieht er sich ins Bad zurück.

„Kannst du bitte rauskommen? Ich muss mal.",
dabei klopft Andrej ungehalten an die Tür. Erst
geschieht nichts, nach erneutem bitten, schliesst
Loren auf. „Danke.", murmelt Andrej, während er
sich neben Loren vorbei in das Badezimmer
schiebt. Kaum sperrt Andrej sich im Bad ein, klingelt es an der Tür. Mühselig schleppt Loren sich
zur Tür. Wie erwartet steht die hübsche Kellnerin
von heute Mittag vor der Tür. „H-Hallo Miss. Ace
erwartet Sie bereits sehnsüchtig.", grüsst Loren
höflich. „Guten Abend.", mit diesen Worten tritt
sie ein. Ihre Kellner-Uniform hat sie gegen ein
Knielanges rotes Kleid eingetauscht.

Ohne Aufforderung setzt sich die Dame aufs Sofa,
wo vor wenigen Momenten Loren noch sass.
„Wollen Sie etwas trinken?" „Gerne. Wasser wenn
möglich." Nickend verschwindet Loren in der angrenzenden Küche. Da er auf einmal ihre Stimme
hört, geht er davon aus, dass Andrej aus dem Badezimmer gekommen ist.

Um seinen Mitbewohner zu ärgern, schenkt er ihm ebenfalls ein Glas ein, allerdings nicht mit Wasser, sondern mit Wodka. Grinsend geht er ins Wohnzimmer. „Für die Dame und den Herrn." Mit einer leichten Verbeugung reicht er den beiden die Getränke. Wie erhofft nimmt Andrej direkt einen Schluck ohne auf den Inhalt zu schliessen. Hustend stellt er das Glas vor sich auf den Salontisch. Du kleiner elender Bastard, denkt Andrej, sagt es jedoch nicht. „Alles in Ordnung?", fragt die Dame besorgt. Als sie Andrej näher rutscht, merkt Loren, dass sein Plan nach hinten losgeht. „Ja alles super! Wollen wir uns etwas zurückziehen Nora?" Wie ein Puma auf der Jagd, pirschen sich seine Hände an sie heran. Mit einem zögernden nicken, verschwinden die beiden auch schon.

Wie mit Andrej besprochen, schleicht Loren nach exakt fünfzehn Minuten zu seinem Zimmer. Anstatt einfach so reinzuplatzen entscheidet sich Loren für eine stilvollere Methode. Er späht durchs Schlüsselloch. Angewidert und dennoch vollkommen fasziniert beobachtet er Nora und Andrej bei ihrem Liebesspiel.

Mitten in der Nacht schreckt Loren hoch. „Du bist nicht gekommen?" „Nein aber du!", entgegnet Loren miesgelaunt. Lachend setzt sich Andrej neben Loren auf das Sofa. „Du hast gespannt, stimmt`s?" Augenblicklich schiesst im röte ins Gesicht. Schnell senkt der Jüngere seinen Kopf, doch es ist bereits zu spät. „Wie lange?" „Lange genug. Also was willst du?" „Wie?" „Gefallen?" „Ach so… ich will, dass du die Kleine in meinem Schlafzimmer erwürgst.", meint Andrej so belanglos wie möglich. „Bitte was?!", hysterisch springt Loren auf, versucht aus der Wohnung zu stürmen. Doch Andrej schlägt ihm die Türe vor der Nase zu. „Ha, du hättest dein Gesicht sehen sollen!", prustet der Russe los. Verwirrt starrt Loren ihn an, doch dann wird er schlagartig ernst. „Glaubst du wirklich, dass ich Nora von dir erwürgen lassen würde. Die Polizei wüsste sofort, dass ich damit etwas zu tun hätte und das will ich auf gar keinen Fall. Denk nach Junge!" „`Tschuldige.", nuschelt Loren kleinlaut.

Nach einer kurzen Pause meint Andrej. „Wir werden uns ein geeigneteres Opfer suchen. Vielleicht eine Auslandstudentin." „Denkst du auch einmal an ihre Familie?" „Nein. Weswegen sollte ich? Immerhin kommen sie alle freiwillig mit zu mir und lassen solche unreinen Dinge mit sich anstellen wie Nora eben. Und nur zur Info, du bist auch freiwillig hier. Denk darüber nach!" „Aber ich schlafe nicht mit dir!", presst Loren heraus, als er die kühle in Andrejs Stimme wahrnimmt. „Nein, aber ich könnte dich zwingen, wenn ich wollte. Du weisst, dass wenn es nur einer will, der andere gefügig gemacht werden kann." „Wie?", rutscht Loren heraus. Natürlich überrascht Andrej Loren Interesse, dennoch freut er sich insgeheim darüber. „Drogen, Beruhigungsmittel, Gewalt...", beginnt Andrej aufzuzählen. „Als ob die ersten beiden funktionieren würden.", denkt Loren laut. „Willst du es testen?" Spitzbübisch grinst Andrej, doch mit folgender Antwort hat er nicht gerechnet. „Klar, wenn du mir versprichst, mich nicht zu vergewaltigen und töten." „Wie soll ich es dir dann beweisen?" „Ich will dich nicht in mir und auch sonst kein Mann! Das ist ekelhaft! Nimm mich einfach auf und versuch mich rum zu kriegen, dann wenn ich wieder klar im Kopf bin, spielst du mir das Tape vor, damit ich einschätzen kann, ob ich wirklich so fahrlässig war." „Gerne."

Am darauffolgenden Tag holen sich die Beiden eine Kamera. Immer noch ungläubig schüttelt Loren seinen Kopf. „Entspann dich, wir werden sehen ob ich recht habe oder du. Wobei ich aus Erfahrung spreche und du es einfach behauptest.", redet Andrej auf Loren ein.

Gegen neun Uhr abends machen sich die Beiden für ihre Schichten bei Stan fertig. Diesmal fragt Andrej von vorn herein, ob Loren etwas braucht um sich nicht unwohl zu fühlen. Doch er lehnt höflich ab, lässt sich aber die Hintertür offen, indem er Andrej bittet, ihm vielleicht später etwas zu geben. Aber während dieser Schicht ist es nicht von Nöten.

Müde schleppen sich die Beiden nach einer erfolgreichen Nacht zurück in Andrejs kleine Wohnung auf der gegenüberliegenden Strassenseite. Während Loren es sich auf dem Sofa gemütlich macht, springt Andrej in sein Bett.

## 14

Ausgeschlafen erhebt sich Loren gegen Mittag.
Wobei Andrej bereits mehrere Stunden wach ist.
Er bereitet alles für sein kleines Experiment mit
Loren vor. „Was tust du da?", fragt Loren mit seiner Morgenstimme. Erschrocken dreht Andrej sich
um, denn er hat Loren bis eben nicht gemerkt.
„Ich bereite alles für unser kleines Experiment
vor.", gesteht Andrej. Vorsichtig begutachtet Loren die bereitgestellten Gegenstände, darunter
sind drei Spritzen, ein Laptop, die Kamera, Massa-
geöl und eine verschlossene Schachtel. Kaum will
Loren die Schachtel öffnen um seine Neugierde zu
stillen, schubst Andrej ihn weg. „Das wirst du
früh genug sehen, bis dahin Finger weg!" Schulterzuckend zieht Loren sich in die Küche zurück.
Für sich macht er Frühstück, für Andrej kocht er
Nudeln und Tomatensauce.

Nach dem Essen setzten sich die Beiden aufs Sofa.
„Ich denke bis heute Abend bist du wieder eini-
germassen normal, wenn wir jetzt beginnen.", lei-
tet Andrej das Experiment ein. „Musst du mir das

Zeug wirklich spritzen?" „Sei keine Memme!" Damit versenkt Andrej die Nadel auch schon in Lorens Haut.

Nach nur wenigen Minuten fühlt Loren sich leicht, als ob er Sturzbetrunken wäre. „Lass uns einen Film schauen." Nickend folgt Loren Andrej in sein Zimmer, in der die Kamera aufs Bett ausgerichtet wartet, eingeschaltet zu werden. Genau dies tut Andrej nun. Während er das Laptop vom Schreibtisch nimmt, kuschelt sich Loren in die Bettdecke. Alle Hemmungen sind bereits fallen gelassen worden, daher macht es Loren auch nichts aus, als Andrej ihm einen erwachsenen Film zeigt, mit zwei Männer und einer Frau.

Nach gut der Hälfte des Streifens, verabreicht Andrej Loren die zweite Dosis. Benommen schaut er auf den Bildschirm wo sich die nackten Körper aneinander räkeln und mehr. Behutsam zieht der Russe ihn in seine Arme, so dass er nun halb auf seiner Brust liegt. Da Loren erregt ist, fährt Andrej mit der nächsten Stufe fort. „Soll ich dich massieren mein Kleiner?", flüstert Andrej möglichst erotisch. Erst weigert sich Loren, doch als Andrej beginnt ihn sanft zu massieren, dreht sich Loren auf

den Bauch, lässt sich das Shirt über den Kopf streifen, um Andrejs mittlerweile öligen Hände auf
seiner Haut zu spüren.

Kurz bevor Loren einnickt, folgt die dritte Dosis.
„Au!", murrt Loren doch vergisst den Schmerz
der Nadel schnell. Nun wendet sich Andrej Lorens Vorderseite zu. Sanft und doch mit druck
streichelt Andrej über die entblösste Brust, nähert
sich immer mehr dem Hosenbund. Behutsam
streift er Loren die schwarze Jeanshose aus. Nun
hat Andrej freies Sichtfeld auf Lorens Erregung.
„Vom Film oder der Massage?" „Beides.", nuschelt Loren, dabei legt er Andrejs Hände erneut
an seine Brust. Er will den älteren dazu bringen
ihn weiter zu massieren. Was dieser mit Freuden
tut.

„Tust du mir einen gefallen Lu?", schnurrt Andrej
verführerisch. „Mh." „Lass mich dich so richtig
verwöhnen, dass du vor Lust schreist.", ein ani-
malisches Knurren folgt dieser Aussage. Schnell
legt sich ein roter Schleier über Lorens Kopf, doch
dann nickt er zögernd. Mit funkelnden Augen erhebt sich Andrej, holt die Schachtel von heute

Nachmittag vom Schreibtisch und stellt sie neben Loren aufs Bett.

„Ich nehme an du weisst was du damit anstellen sollst?", fragt Andrej nachdem er Loren einen Blick in die Schachtel werfen lies. „Mh.", bestätigt Loren. Auffordernd starrt Andrej den mittlerweile Tomatenkonkurrierenden Loren an. Als er sich ein Spielzeug aussuchte, will er es Andrej geben, doch dieser lächelt ihn nur sanft an. „Willst du das wirklich? Immerhin will ich dir nicht wehtun...", versucht Andrej Loren zu überzeugen es selbst zu tun. Doch es funktioniert nicht, daher nimmt er das Spielzeug in die Hand.

Verschwitzt erwacht Loren in Andrejs Bett. „Scheisse! Was zur Hölle hast du mit mir gemacht?!" „Sieh es dir an." Damit Loren nicht aufstehen muss, reicht er ihm die bereits eingestellte Kamera. Ungläubig schaut er sich das Bildmaterial an, bricht es allerdings vor dem Schluss ab. Rennt auf die Toilette und übergibt sich. Mit einem Glas Wasser, Aspirin und einem Lappen folgt Andrej. „Tut`s weh?", fragt Andrej entschuldigend. „Ja ein bisschen! Musstest du das tun? Ich sagte, ich will das nicht!", mault Loren angewidert von sich

selbst. „Ich habe mich an deine Anweisungen gehalten und wie du gesehen hast, wollte ich, dass
du es machst. Aber nein, Loren unter Drogen, ist
gleich die Unselbstständigkeit in Person und ausserdem hat es dir gefallen! Immerhin bist du gekommen!", platzt es Andrej heraus.

Nach dem er Wasser, Lappen und Aspirin bei Loren liess, marschiert er in die Küche. Knapp eine
Stunde später, ruft er Loren zum Essen. Beschämt
tritt Loren unter seine Augen, dabei hält er die Kamera in den Händen. „Ich werde` kündigen und
zu meiner Mom zurückgehen." „Nein wirst du
nicht! Wir werden das Band löschen und nie wieder darüber sprechen, aber du wirst diesen Job
nicht kündigen! Hast du das verstanden Loren?"
„Aber es ist so ekelhaft, was ich da tat! Ich schäme
mich so Andrej!" „Brauchst du nicht. Immerhin
habe ich dich manipuliert und unter Drogen gesetzt…", seufzt Andrej, dabei tritt er auf Loren zu,
der einen Schritt zurückweicht. Dies widerholt
sich ein paar Mal, bis Loren mit dem Rücken gegen die Wand stösst.

Schweigend schlingt Andrej seine Arme um den
Jungen. Erst versucht er sich freizukämpfen, gibt

dann aber auf. Lorens Arme hängen schlaff an seinem Körper runter. „Wie kannst du so etwas Verlogenes, Hässliches wie mich umarmen. Du solltest duschen gehen, damit du meinen Dreck nicht auf dir hast!" „Sei nicht albern Loren." „Ich bin so verdammt unrein!", meint der Kleine dann mit weinerlicher Stimme. „Ich bin wohl etwas zu weit gegangen bei dir, ich wollte dir seelisch keinen Schaden zufügen. Ich dachte du kommst damit klar, wenn ich es dir beweise wie einfach es ist, jemanden zu etwas zu bringen, was er eigentlich nicht möchte." Beruhigend streichelt Andrej Lorens Rücken auf und ab.

Als es dämmert zieht Andrej sich für seine Schicht an. „Zieh dich bitte um Loren." „Gibst du mir meine Sachen?" Schnell reicht Andrej sie ihm, doch als er sich einfach so vor ihm auszieht, ahnt Andrej welchen Schaden er Loren wirklich zugefügt hatte. „Willst du nicht ins Bad?" Nicken verschwindet er, lässt die Tür allerdings offen. „Kann ich etwas tun, damit es dir besser geht?", hackt Andrej vorsichtig nach. „Ja, lass es mich vergessen!" „Ist es wirklich so schlimm für dich? Wir hatten nicht mal Sex." Bei dem Gedanken an Andrej in ihm, muss Loren sich erneut übergeben.

„Entschuldige.", murmelt Andrej als er die vernichtende Reaktion Lorens sieht.

Die Schicht verläuft soweit gut. Bis Andrej auf der Hauptbühne zu tanzen beginnt. Fasziniert und angewidert zugleich mustert Loren den Mann, der ihm seinen Stolz und Unantastbarkeit genommen hat. Angespannt marschiert Loren in Stans Büro. „Was willst du?", fragt Stan unfreundlich, da er einen Kunden bei sich sitzen hat. „Gehen." „Kommt nicht in Frage! Geh raus und arbeite gefälligst! Für was bezahle ich dich eigentlich?", donnert Stan gereizt. „Ach lass den Jungen Stan. Siehst du nicht wie gebrochen er ist?", mischt sich nun der Kunde ein. „Halt du dich daraus Lionel! Der Kleine steht unter Ace Fittichen, also bemüh dich gar nicht erst um ihn." „Willst du mit mir was trinken und mir deine Sorgen erzählen?", fragt Lionel Loren ohne auf Stans Worte Rücksicht zu nehmen. Schulterzuckend blinzelnd Loren den Mann an. Dieser nimmt es als ein Ja, daher zieht er ihn aus dem Büro zur Bar. „Traver mein Freund! Ich will etwas süsses, dass einem ring die Kehle runterrutscht. Für mich und den Jungen. Und mach genug davon, ich denke dieser Bengel hat`s nötig." Unsicher mustert er Loren, der wie betäubt auf einem Barhocker neben Lionel sitzt.

Kaum sieht Andrej die Beiden an der Bar, steigt grenzenlose Wut in ihm auf. Er springt mitten in einem Tanz von der Bühne, rennt zu Lionel, reisst ihn vom Stuhl und schlägt ihn mit der Faust mehrmals ins Gesicht. „Lass deine elenden Finger von ihm!" Erneut schlägt Andrej zu, seine Knöchel sind bereits rot gefärbt von Lionels Blut. Unverhofft zieht Loren Andrej von dem schwarzhaarigen Mann am Boden weg. Als Andrej sich erneut auf Lionel stürzen will, klatscht ihm Lorens Hand ins Gesicht. Mit wutverzerrtem Gesicht wendet sich der Russe nun seinem einstigen Zellengenossen zu. „Spinnst du? Ich beschütze dich und du schlägst mich?" Erneut Ohrfeigt Loren den Mann vor sich.

Als Traver Loren zurückziehen will, keift Andrej ihn an. „Fass ihn nicht an!" Daher lässt der Barkeeper seine Hände fallen, wodurch Loren erneut zuschlagen kann. „Lu verdammte Scheisse reiss dich zusammen oder ich schwöre bei allem was mir heilig ist ich werde di…" Durch ein lautes Klatschen wird Andrejs Drohung unterbrochen.

Schnaubend vor Wut packt er Loren, dessen Hand noch immer an seinem Gesicht klebt. Ohne Vorwarnung reisst er den Jungen von den Füssen, zerrt den strampelnden Jungen hinter die Kulissen, um ihn dort gegen die Metallspinde zu drücken. „Ich könnte dich zu Tode prügeln!" „Mach`s doch!", provoziert Loren ihn breit grinsend. Da Andrej nichts darauf sagt oder ihn schlägt, tut es Loren erneut.

„Sei ehrlich Lu, was kann ich tuen damit es dir besser geht?" „Warst du schon mal in meiner Situation?" „Nein, worauf willst du hinaus?" „Ich will dir dasselbe antun wie du mir! Ich will dich fühlen lassen wie abartig man sich danach fühlt, wie beschmutzt!" Um seine Wut im Zaum zu halten, beisst Andrej sich so fest auf die Lippen, dass er sein Blut schmecken kann. „Kann ich mir das Zeug wenigstens selbst in die Vene jagen?" „Nein, denn du wirst es ohne durchstehen!"

Noch in derselben Nacht, nimmt Loren seine persönliche Rache an seinem Peiniger. Nur erfüllt es ihn nicht, so wie erwartete. „Bist du fertig?", fragt Andrej unter Schmerzen. „Mh.", murrt Loren, so dass Andrej nicht weiss ob es ein Ja oder ein Nein war. Daher wartet er einfach ab. Nach zehn Minuten Pause, macht Loren weiter. Ein unvergleichliches Machgefühl durchströmt ihn, als Andrej vor Schmerz aufschreit. „Mach das nochmal!", befiehlt er lüstern, dabei schlägt er Andrej erneut mit einem ein Zentimeter dicken Lederband. Wie erhofft schreit Andrej erneut auf vor Schmerz. Blut rinnt seinen Rücken runter. Erst als Loren vor Erschöpfung nicht mehr kann, lässt er von Andrej ab. Der sich schnell unter die Dusche verzieht, seine Wunden brennen wie Feuer unter dem kühlen Nass.

Zurück im Zimmer wartet Loren grinsend. „Was willst du noch?" „Lass mich deine Wunden desinfizieren, salben und verbinden." Misstrauisch nähert sich Andrej. „Bitte entschuldige, ich bin zu weit gegangen." „Sind wir damit quitt? Und du wieder normal?" Grinsend nickt Loren.

## 15

Immer wieder fluten Schuldgefühle Lorens Geist.
Eingerollt liegt er auf dem Sofa, die Arme eng um
seinen Körper geschlungen. Gegen sechs Uhr hört
er Andrej durch die Wohnung stampfen. „Bist du
wach?", fragt der Russe flüsternd. Woraufhin Loren sich leicht aufsetzt. „Wie ich sehe geht`s dir
nicht besonders gut, obwohl du deine Rache hattest.", stellt Andrej bedauernd fest. „Nicht gerade
gut? Mir geht es beschissen! Ich habe mich noch
nie so mies gefühlt!" „Aber im Moment der Tat,
fesselte es dich oder? Du kamst in einen Blut-
rausch und wolltest nicht mehr aufhören, bis du
vor Erschöpfung zusammenbrichst, stimmt`s?"
Nickend bestätigt Loren Andrejs Vermutung.
„Wenigstens kann ich jetzt deinen Schmerz nach-
vollziehen.", schulterzuckend geht Andrej in die
Küche, schmiert sich zwei Brote. Mit dem Teller in
der Hand geht er zurück zu Loren, dabei streckt er
dem Jungen eines hin. „Ich habe keinen Hunger.",
eine offensichtliche Lüge, da sein Magen lautstark
knurrt. „Loren du musst essen. Und deine Sachen
bei deiner Mutter abholen. Ach, und dein Handy
hat zig verpasste Anrufe. Vielleicht solltest du sie

dir einmal anschauen." Schnell holt er es aus der Küche.

Seufzend legt Loren das Handy mit geschlossenen Augen auf den Salontisch. „Na was ist? Du hast doch sehnsüchtig auf einen Anruf gewartet. Jetzt hast du viele und bist nicht zufrieden?!" „So in etwa. Liam hat oft angerufen, aber meine Mom nicht." „Vielleicht beauftragte sie ja Liam, weil sie nicht weiss, was sie sagen soll.", erklärt Andrej. Hoffnung keimt in Lorens Augen auf, daher schnappt er sich das Handy und wählt Liams Nummer.

„Ja?", fragt Liam halbschlafend.
„Hallo Li, ich bin`s Loren. Du wolltest etwas von mir?"
„Ja, deine Mom ist vollkommen ausgerastet, sie hat Dinge kaputt geschmissen, brüllte herum und dann heulte sie wie eine verrückte, um dann wieder vollkommen auszurasten. Und da du nicht mehr hier bist und sie alle deine Fotos von den Wänden gerissen hat, denke ich es hat etwas mit dir zu tun."

„Ach so ja, dass… Also sie weiss, dass ich bei Stan arbeite und wie du dir denken kannst, gefällt es ihr nicht. Daher hat sie mich vor dir Tür gesetzt."

„Wo bist du jetzt?"

„Bei Andrej."

„Komm sofort weg da! Der Typ ist echt gefährlich! Kündige einfach und komm Nachhause.", bittet Liam.

„Ich werde nicht kündigen und wie ich dir bereits tausend Mal sagte, er ist nicht gefährlich, zumindest für mich nicht! Aber ich muss mit dir sprechen. Kannst du heute zu mir kommen oder in den Klub?"

„Zu dir? Du meinst Andrej?"

„Ja."

„Bin in einer Stunde bei dir.", ohne auf eine Antwort zu warten, legt Liam auf.

„Wirst du mich aus meiner eigenen Wohnung werfen oder nur ins Schlafzimmer verbannen, solange dein heiss geliebter Liam zu Besuch ist?", schnaubt Andrej. „Sei nicht albern! Du kannst sein wo immer du willst.", beschwichtig Loren ihn.

Beinahe auf die Minute genau klopft Liam an Andrejs Wohnungstür. Blitzschnell rennt Loren hin, reisst die Tür auf, schlingt seine Arme um den kleineren, verwirrten, blonden Jungen. „Nicht so stürmisch!", versucht Liam sich aus Lorens Umklammerung zu befreien. „Komm doch rein." Zögernd betritt Liam die kleine Wohnung. „Wo ist Andrej?" „Auf dem Sofa.", antwortet dieser. Anstandshalber grüsst Liam auch ihn, allerdings sehr kurz und eher kalt. „Dürfte ich dich vielleicht trotzdem ins Schlafzimmer verbannen?", fragt Loren gespielt scheu. „Nein!", trotzt Andrej. „Verpiss dich gefälligst in dein Schlafzimmer!", faucht Loren, dabei tätschelt er Andrejs Rücken unsanft. Bei jeder Berührung zuckt er merklich zusammen. Wiederwillig erhebt sich der Schwarzhaarige. „Ähm Andrej?", hält Loren ihn zurück. „Eine deiner Wunden ist aufgegangen, geh Duschen, dann ruf mich."

Neugierig blickt Liam Andrej nach, dabei fällt ihm die blutrote Linie auf seinem weissen Shirt auf. „Was ist mit ihm geschehen?", fragt Liam, als Andrej sich im Bad verzogen hat, nach. „Darüber wollte ich mit dir sprechen. Gegenüber ihm kann und darf ich das nie, niemals erwähnen!" „Was denn?", angst kriecht in Liam hoch. Erst druckst Loren herum, doch dann fällt er mit der Tür ins

Haus. „Ich habe Gestern Andrej geschlagen, mit einem Lederriemen. Und es fühlte sich so unglaublich gut an! Es war wow! Einfach haa!!!", beinahe sabbernd lässt Loren das Gefühl erneut seinen Körper durchströmen, anhand der Erinnerung.

Erschrocken und ungläubig mustert Liam seinen Freund. „Glaub ich dir nicht! Wenn du das getan hättest wärst du jetzt Tod! Andrej hätte dir den Kopf abgerissen! Weshalb verarschst du mich?" Obwohl Liam ihm kein Wort glaubt, spieltet sich entsetzen auf seinem Gesicht. „Schön wäre es und schau mich nicht so vorwurfsvoll an! Bitte hilf mir Li. Bitte, ich muss ihm weiterhin vorspielen, dass es mich von innen her auffrisst, dass die Schuldgefühle unerträglich sind." „Also hat es dir gefallen ihn zu…", Liam braucht den Satz nicht zu vollenden, schon erhält er ein Nicken von Loren. Doch bevor sie sich weiter Unterhalten können, ruft Andrej aus dem Bad.

„Komm ich zeig es dir." Sanft zieht Loren Liam hinter sich her zum Badezimmer, da er bemerkt, wie sich Liam gegen die Wahrheit sträubt. Wie erwartet sitzt Andrej mit dem Rücken zur Tür in Boxershorts auf dem Badewannenrand. Seine Feuchten Haare lassen hier und da einen Wassertropfen über seinen Rücken gleiten. Viele dunkelviolette Linien zieren seinen Rücken, einige davon sind vom Blut verkrustet, andere haben durch das Duschen, den Schorf verloren und bluten nun erneut. „Hier.", Andrej streckt ihm eine Tube hin. Als er Liam sieht, weiten sich seine Augen. „Was macht Blondschöpfchen denn hier?" „Ach ich wollte ihm nur zeigen, was ich dir antat und dennoch lebe.", stolz schwingt in seiner Stimme mit, denn er sofort durch ein Trübsal blasendes Gesicht versucht zu verheimlichen.

Grinsend öffnet er die Tube, streicht sich etwas von der weissen Masse auf den Finger, um dies dann mit mehr druck als nötig auf Andrejs Rücken zu verteilen. Bei einem Striemen zuckt der Russe weg, dabei verlässt ein schmerzverzerrtes Stöhnen seinen Rachen. Loren wiederum lässt dieser Schmerzenslaut eine angenehme Gänsehaut über den Körper wandern. Dennoch nuschelt er eine Entschuldigung.

Zurück im Wohnzimmer setzten sich die Beiden nebeneinander hin. „Was soll ich dazu sagen? Ich denke du solltest mit Andrej darüber sprechen, immerhin ist er der Psycho." „Was soll er mit mir besprechen?", hackt Andrej nach, als er aus der Badezimmer Tür kommt. „Nichts!", sagen beide erschrocken, wie aus einem Munde. Eine Augenbraue hebt sich, dann schüttelt Andrej verwirrt den Kopf. „Versteh euch Kinder einer!", mit diesen Worten schliesst er sich in seinem Schlafzimmer ein.

Am frühen Nachmittag verabschiedet sich Liam, weist aber nochmals darauf hin, dass Loren mit Andrej darüber sprechen sollte. „Jaha!", murrt Loren darauf, schliesst Liam erneut in seine Arme, bevor er ihn ziehen lässt.

## 16

Die Schulferien neigen sich allmählich dem Ende zu. Loren traute sich bisher noch nicht mit Andrej zu sprechen, daher meidet er ihn so gut es geht. Wenn er ihm dennoch unabsichtlicher weise einmal über den Weg läuft, verhält er sich eigenartig schweigsam. Während der letzten Tage hat Andrej vermehrt sich mit Loren zu unterhalten versucht, leider zog sich Loren immer zurück und erfand ausreden um weg zu müssen.

„Komm her Loren! Ich muss mit dir sprechen, es geht um die Schule.", ruft Andrej aus dem Wohnzimmer. „Komme gleich!", ruft Loren aus dem Badezimmer zurück. Schnell spült er sich den Mund aus, wäscht seine Zahnbürste, bevor er sie in ein Glas stellt. „Was will er nun schon wieder. Ich dachte er hätte verstanden, dass ich nicht mit ihm sprechen will.", murmelt er während er die Badezimmertür aufschiebt.

„Bin hier, also was willst du?" „Es geht um die Schule, keine Sorge ich habe es aufgegeben mit dir sonst zu sprechen. Ich werde dich morgen hinfahren und vor unserer Schicht oder nach Vereinbarung abholen. Ach, und da du jetzt bei mir wohnst, muss ich mich morgen im Sekretariat mit dir Blicken lassen. Brauchst du noch etwas oder hast Fragen dazu?", erklärt Andrej nüchtern. „Zur Schule nicht, aber ich muss sonst mit dir sprechen.", gesteht Loren schüchtern. „Ich höre." „Es geht um zwei verschiedene Angelegenheiten. Ersten wir müssen uns eine grössere Wohnung suchen. Ich will und kann nicht mehr auf deinem Sofa schlafen, dazu brauche ich etwas Privatsphäre. Und zweitens müssen wir über den Vorfall mit dem Experiment sprechen." Aufmerksam hört Andrej Loren zu. „Der erste Punkt hat sich bereits erledigt. Wir werden anfangs nächstem Monat umziehen. Wenn du magst, kann ich dir nachher Bilder von unserem neuen Haus zeigen." „Haus?", hackt Loren nach, da er glaubt sich verhört zu haben. „Ja Haus.", bestätigt Andrej grinsend.

Auffordernd blickt Andrej Loren an, der nun wieder schweigsam ist. „Also das zweite worüber ich mit dir reden wollte ist.", beginnt Loren zögernd. „Wie geht es deinem Rücken?", lenkt Loren das

Thema auf die richtige Spur. „Soweit gut! Warum fragst du auf einmal?" Wie ein Schlag trifft ihn die Erkenntnis. „Du musst dich nicht schlecht Fühlen deswegen und mir aus dem Weg gehen. Wie ich dir bereits tausend Mal sagte, es ist in Ordnung, du musst darüber hinwegkommen und es ruhen lassen. Bitte mach dir nicht selbst so viele Vorwürfe!" „Nein eben nicht, du verstehst gar nichts Andrej! Die Schuldgefühle, mein innerer Kampf, all das war nicht echt! Es fühlte sich so unvorstellbar gut an, das ist mein Problem! Es sollte sich nicht gut anfühlen, verstehst du?" Überrascht weiten sich Andrejs Augen, bevor er ein schiefes Grinsen aufsetzt. „Ich habe mir solche Sorgen um dich gemacht! Für nichts?! Ich dachte schon du würdest dir etwas antun.", seine Sorgen um den Jüngeren sind aus seiner Stimme klar herauszulesen doch Loren zuckt nur mit den Schultern. „Bitte hilf mir Andrej! Ich will nicht so fühlen, es ist falsch und ich weiss es, aber dennoch fühle ich so!", verzweifelt legt Loren seinen Kopf in die Hände. „Was erwartest du jetzt von mir?" Kopfschüttelnd hebt Loren seinen Kopf. Insgeheim wünscht er sich weiter in Andrejs Welt einzutauchen, aber sein Verstand hält ihn davon ab.

Nach langem hin und her, treffen die Beiden eine Abmachung. „Hätten wir uns nicht im Knast kennen gelernt, dann hätte ich dich getötet und nun bringe ich dich in meine Welt.", stellt Andrej fassungslos fest. „Willst du mich immer noch töten?", die Neugierde in Loren hat die Überhand gewonnen. Ruhe kehrt ein, bis die tiefe Stimme Andrejs den Raum erfüllt. „Ich habe das Haus gekauft um dich zu töten. In der letzten Zeit warst du unglaublich anstrengend und abweisend. Also ja und wie gerne ich dich leiden gesehen hätte, aber nun sieht das Ganze anders aus." Entschuldigend grinst Andrej Loren an, der laut Schluckt. „Wann hättest du es getan? Und wie hättest du mein Leben beendet?" „Während des Umzuges oder in der ersten Woche. Mh wie genau ich dich getötet hätte, weiss ich nicht, aber es wäre qualvoll gewesen. Vielleicht ertrinken oder verbrennen, oder eine verrückte Kombination.", offenbart Andrej im Plauderton. „Wie willst du mich gleichzeitig ertränken und verbrennen? Das ist nicht möglich!", behauptet Loren steif. „Wer sagte etwas von in Wasser ertränken, ich könnte auch Benzin nehmen, dich unter „Wasser" an einem Hacken anketten und dann ein Feuerzeug nach dir werfen." „Das hättest du mir angetan?", ungläubig starrt Loren den Russen an. „Hätte ich wohl, aber jetzt natürlich nicht mehr.", verspricht Andrej.

In dieser Nacht wird Loren von zahlreichen Alpträumen verfolgt. Der Morgen danach bringt er seine Augen kaum auf. „Aufstehen.", begrüsst ihn Andrej gut gelaunt. Murrend erhebt er sich, geht duschen, putzt sich die Zähne, zieht sich an, um seine Schultasche aus Andrejs Zimmer zu holen. „Bin fertig. Wir können los."

Vor dem eher schäbig aussehenden Block, steht ein schwarzer Ford Mustang Shelby gt 500. Als Andrej den Wagen aufschliesst traut Loren seinen Augen nicht. Wie angewurzelt bleibt er stehen. „Steig ein, sonst kommst du zu spät.", fordert Andrej ihn auf. Beinahe ehrfürchtig steigt Loren in sein Traumauto ein. „Wie es scheint gefällt dir mein Wagen." Unfähig zu antworten, nickt Loren wie in Trance.

Da Loren unbedingt den längeren Weg zur Schule nehmen wollte, kommen sie zu spät. Zielstrebig führt Loren Andrej ins Sekretariat. Während

Andrej mit der Aushilfssekretärin flirtet, meldet Loren seinen Umzug an. Nach etlichen Formularen und Unterschriften, die er von Andrej erbetteln musste, darf er in den Unterricht. „Ich komm mit und sag Liam hallo." „Nein wirst du nicht! Du weisst genau wie gut er auf dich zu sprechen ist." Trotzdem folgt Andrej Loren zu seiner Klasse.

Nachdem er angeklopft hat und ein „Herein." gerufen wurde öffnet er die Tür soweit, dass er gerade so hineinschlüpfen konnte. Doch Andrej tritt mit hocherhobenem Haupt, nachdem er die Tür aufgerissen hat hinein. „Hallo Liam.", begrüsst er den Jungen böse grinsend. „Verpiss dich!", keift dieser, dann wendet er sich Loren zu. „Weshalb bringst du das da mit!" „Er brachte mich zur Schule und er ist erwachsen und kann sein wo immer er will." Mit zusammengebissenen Zähnen ignoriert Liam Andrej so gut es geht. Doch als er sich vor seinem Pult aufbaut und ihm etwas auf Russisch zuflüstert, reisst Liams Geduldsfaden. Bevor sich die Beiden an die Gurgel gehen, stellt Loren sich dazwischen. „Liam Sitz! Und du Andrej gehst jetzt besser!" Da sich der Russe keinen Millimeter bewegt, zischt Loren: „Geh!", worauf hin Andrej sich verabschiedet.

Nach wenigen Minuten klingelt es zur Pause. Sofort wird Loren von Liam und Jace belagert. „Komm Nachhause! Susy weint die ganze Zeit und ist mies drauf und unglücklich.", beginnt Liam ein Gespräch. „Pf.! Solange sie mit meinem Job nicht klarkommt, kann sie es vergessen und ausserdem ziehe ich bald um.", trotzt Loren. „Ach und wohin?", will nun Jace wissen. „Ähm ich glaub es heisst Hitzwalden, ist eine viertel Stunde von hier entfernt mit dem Auto." „Aber…", Liam schluckt nervös, „Das bedeutet, du wirst Schule wechseln und wir sehen uns gar nicht mehr." „Sei nicht albern! Natürlich werde ich weiterhin hier zur Schule gehen, es sind ja nur noch drei Monate. Danach werden wir eh alle unser Studium oder Ausbildung beginnen. Apropos Zukunft. Was werdet ihr nach der Schule machen?", lenkt Loren das Thema in eine freundlichere Richtung.

„Also ich werde eine Ausbildung zum Medienfachmann bei meinem Onkel machen.", präsentiert Jace stolz. Aus den Mündern der zuhörenden entweicht ein erstaunter Laut. „Ja so sieht's aus!", strahlt Jace. „Schön für dich, wirklich! Ich werde mein Rechtswissenschaft und oder Jura Studium beginnen. Ich habe Gestern die Aufnahmebestätigung in beiden Fachrichtungen erhalten, ich muss mich nur noch für einen Weg entscheiden." Triumphierend grinst Liam über seinen Erfolg. „Ich werde vielleicht mein Studium in Sozialkunde und Sozialwissenschaften machen, das heisst wenn ich aufgenommen werde. Bis dahin werde ich in meinem jetzigen Job weiterarbeiten und es mir gut gehen lassen.", meint Loren betrübt. „Das wird schon funktionieren.", meinen seine Freunde aufmunternd.

Wie jeden Montag ziehen sich die Stunden bis zur Mittagspause. Doch dann endlich ertönt das erlösende Klingeln. In der Cafeteria kaufen sich die drei etwas Kleines, nehmen Platz an einem Tisch und sprechen erst über belangloses, bis Liam das Gespräch auf Andrej lenkt. „Du sagtest du ziehst um. Wohnst du dann allein?" „Nein mit Andrej.", fällt Loren mit der Tür ins Haus. „Du weisst, dass der Typ wirklich ein Psycho ist und dennoch willst du freiwillig mit ihm zusammenleben? Ich verstehe das nicht!" „Nenn ihn nicht immer Psycho! Nur weil er in seiner Vergangenheit ein paar Fehler gemacht hat, bedeutet das nicht, dass er von Grund auf ein schlechter Mensch ist! Und ausserdem wird er mir nie, niemals etwas zu leide tun!", gegen Ende hin wird Loren immer lauter, was die Aufmerksamkeit seiner Mitschüler auf sich zieht. Jace sieht teilnahmslos auf den Tisch, er will nicht mit seinen Freunden über etwas streiten, was er nur vom Hören sagen kennt. „Er hat verdammt nochmal fünf, dir verdammt ähnlich aussehende Jungen, getötet! Weshalb nimmst du ihn immer in Schutz!", brüllt nun Liam. Mit wutverzerrtem Gesicht steht Loren auf, bevor er sich zum Gehen abwendet, doch wen er gerade an dem Cafeteria Eingang sieht, lässt ihn innehalten.

Andrej. Kurz schüttelt Loren seinen Kopf um wieder klar zu sehen, aber erneut sieht er Andrej, mit einer Tasche über der Schulter hängen. Elegant stolziert er durch die Schüler. Während die Mädchen ihn anhimmeln, verfluchen die Jungen ihn. „Das hast du vergessen. Wie ich deinem Stundenplan entnehmen konnte, hast du heute Nachmittag noch Sport und deine Sportsachen lagen noch Zuhause rum." Grinsend übergibt Andrej Loren die Tasche. „Wie lange standest du bereits dort?", fragt Loren mit gesenktem Kopf. „Ich habe alles gehört und gebe dir einen Rat. Auch wenn ich Liam nicht abkann, solltest du nicht so mit ihm umspringen, immerhin ist er dein Freund! Und ausserdem hat er nicht unrecht mit seinen Behauptungen, wie du dich an unser gestriges Gespräch erinnern kannst." „Auf wessen Seite stehst du eigentlich?", fragt Loren genervt nach. Er hasst es von Andrej belehrt zu werden, vor allem wenn er mit jedem Wort recht hat. „Auf keiner, ich bin ein neutraler Zuschauer und sage dir meine Meinung, das ist alles. Ach, und Liam du und dein Freund,", Andrej zeigt auf Jace, „seid herzlich zur Umzugsparty eingeladen." „Danke, aber nein danke!", erwidert Liam steif, doch Jace setzt sofort zu einer Überzeugungsrede an.

Während Loren sich mit Andrej unterhält, schafft es Jace Liam davon zu überzeugen doch zu der Party zu gehen. „Wir werden kommen.", informiert Jace den Russen. „Gut Loren gibt euch die Adresse später. Ach und das Haus ist gross genug, ihr könnt also gerne auch übernachten.", bietet Andrej liebevoll an. Grinsend nickt Jace, während sich in Liam ein ungutes Gefühl manifestiert.

Kaum will Andrej verschwinden hält Loren ihn auf. „Kommst du mich um sieben Uhr abholen? Ich würde gerne nach der Schule noch mit meinen

Freunden etwas unternehmen." „Klar, hast du Geld mit?" Beschämt blickt Loren auf den Boden. Nein er hat seinen Geldbeutel Zuhause vergessen. Liam hat ihm sein Mittagessen spendiert. „Ich gehe davon aus, dass deine Geste ein nein bedeuten soll?" Nickend hebt Loren seinen Blick. „Hier, macht euch einen schönen Nachmittag, geht ins Kino oder Shoppen oder was weiss ich.", dabei drückt Andrej Loren einen dunkelgrünen Schein in die Hand. Nach genauerem betrachten, fällt Loren die Zahl auf dem Papier auf. 500. „Reicht das nicht?", fragt Andrej besorgt, doch Loren starrt den Schein nicht deswegen an. Es ist viel zu viel. „Nein, nein, eher das Gegenteil ist der Fall! Das ist viel zu viel Geld Andj." „Andj?", fragt Andrej mit hochgezogener Augenbraue nach. Erschrocken schaut Loren den Mann vor sich an, er rechnet damit, dass Andrej durchdreht, doch er lächelt ihn sanft an. „Nenn mich ruhig so, es stört mich nicht. Nur schau nicht wie ein verschrecktes Reh, das weckt deren Aufmerksamkeit.", unauffällig lässt er seine Augen über die Cafeteria gleiten. „Bis später Lori. Wo soll ich dich abholen?" „Um sieben vor dem Haus meiner Mom." „Viel Spass Jungs.", verabschiedet sich Andrej.

„Alter wie viel ist das?", fragt Jace der seinen Blick nicht von der Note in dessen Händen nehmen kann. „Fünfhundert, also genug um richtig auf den Putz zu hauen." „Wollen wir schwänzten?", fragt Liam, der es kaum erwarten kann mit seinen Freunden etwas zu unternehmen. „Nein Andrej killt mich, wenn ich mich nicht benehme." Den geschockten Ausdruck seiner Freunde entnimmt er, dass sie ihn zu wörtlich nehmen. „Im übertragenen Sinne.", korrigiert sich Loren schnell selbst. „Na gut dann denken wir uns was Cooles aus während dem Sportunterricht.", meint Jace.

Umgezogen sammeln sie sich in der Sporthalle. Wie jedes Mal nach den Ferien kommt Herr Zisser genervt zum Unterricht. „Schön euch alle gesund und munter zu sehen. Heute werden wir Volleyball spielen und das nächste Mal werden wir ins Hallenbad gehen und schwimmen. Also nehmt bitte nächsten Montag alle eure Badesachen mit.", beginnt Herr Zisser seinen Unterricht. Das Netz ist innert weniger Minuten aufgebaut, so dass nun zwei gegnerische Teams auf den jeweiligen Feldern spielen. Liam, Loren und Jace sind mit zwei Mädchen in einem Team.

Für einen Block auszuführen, springt Loren hoch, dabei heben sich seine braunen Haare an. Ein lautes Kreischen durchbricht das Spiel. „Oh mein Gott Loren! Was hast du da am Nacken?", kreischt sie immer noch hysterisch. „Nichts! Das ist nichts!", wehrt sich Loren, doch Zisser will sich nun seinen Nacken genauer ansehen. Daher hebt Loren seine Haare etwas hoch, damit Andrejs Initialen gut erkennbar sind. „Das ist nicht nichts junger Mann! Wer hat dir das angetan?" „Niemand!", keift Loren, den Blicken seiner Klasse ausweichend. „Dieser Typ, der dich heute Besuchen kam, am Mittag in der Mesa, der hatte auch so etwas am Hals, nur sah es anders aus.", meint ein blondes Mädchen. War ja klar das Andrej so viel Aufmerksamkeit auf sich zieht, dass selbst so etwas allen Mädels auffallen muss, denkt sich Loren sarkastisch. „Dieser Typ ist per Zufall mein Wohnpartner und Arbeitskollege, also keine Panik! Und ausserdem geht euch Schnepfen das alles nichts an, genauso wenig wie Sie Herr Zisser!" Beim Wort Schnepfen ziehen die Mädchen allesamt die Luft scharf ein. „Loren Nachsitzen!", mischt sich Herr Zisser nun ein. „Ach scheisse! Ich kann heute nicht. Ich komm Morgen oder so." „Auf keinen Fall, du kommst heute und ich werde deinen Wohnpartner anrufen und es ihm mitteilen.", stellt der Lehrer kühl fest.

Während er die Klasse für einige Minuten sich selbst überlässt, in denen er hofft sie würde weiterspielen, geht er zur Lehrerumkleide und ruft das Sekretariat an um Andrejs Nummer zu bekommen. Dann ruft er ihn an. Bereits nach dem zweiten Signalton hebt er ab. Die Beiden unterhalten sich, dabei besteht Andrej darauf persönlich vorbeizukommen, da er noch in der Nähe ist.

Mit Herrn Zisser betritt Andrej die Halle. Während alle Mädchen wie Butter an der Sonne dahinschmelzen, versteift sich Loren merklich. Umso näher Andrej an Loren herantritt, desto mehr drückt er sich gegen die Wand in seinem Rücken. „Was habe ich dir gestern gesagt?", Fragt Andrej mit einem gefährlichen Unterton. „Das ich guten Noten schreiben soll?", fragt Loren so unschuldig wie möglich. „Und?", hackt Andrej nach, dabei stemmt er seien Arme neben Lorens Kopf an die Wand. „Keinen Ärger machen.", piepst Loren beinahe, dabei lässt er sich an der Wand heruntergleiten. Nun geht Andrej in die Hocke. „Hast du Angst vor den Konsequenzen?" „N-Nein.", lügt

Loren wie gedruckt. Grinsend tätschelt Andrej Lorens Wange. „Wie schön, wenn du ja gesagt hättest, hätte ich dich einfach so davonkommen lassen, aber da du offensichtlich keine Angst hast…"
„Ich habe gelogen.", gesteht Loren. „Ich weiss! Nun ich will aber nicht, dass du zitternd wie ein Häufchen Elend vor mir kauerst. Also regeln wir das wie erwachsene. Jedes Mal, wenn du schiesse baust, putz du allein das Haus, dasselbe gilt für mich. Einverstanden?" „Ja ist gut.", nuschelt Loren erleichtert. „Komm ich werde mal mit deinem Lehrer sprechen."

„Wie war Ihr Name noch gleich?" „Zisser." „Schön schön. Der Junge wird sich ab jetzt sicherlich vorbildlich in Ihrem Unterricht benehmen. Dennoch will ich ihn und seine beiden Freunde für Heute aus dem Unterricht nehmen. Ich bin sicher Sie haben kein Problem damit Johnny." Den Vornamen haucht er mehr seinem Gegenüber zu. Erst nimmt Herr Zisser Luft, um Andrej die Meinung zu geigen, doch als dieser ihm eine Visitenkarte zeigt, stoppt er augenblicklich. „Oh! Ja also Loren und Freunde sind für heute entlassen.", verkündet er leicht rot im Gesicht.

Vor der Halle fragt Jace was er Zisser gezeigt hat, um ihn so schnell umzustimmen. Wie zuvor John Zisser, zeigt Andrej die Karte nun Jace und den anderen. Grölend blickt Loren darauf, nur Jace und Liam steigen nicht. „Das ist der Club, in dem wir arbeiten und diese Karte ist von einer Session." Errötend blicken Jace und Liam einander an, bevor auch sie in Lorens Lachen einsteigen. „Da ich nun deinen Arsch gerettet habe, könnt ihr machen was ihr wollt." Winkend marschiert Andrej davon. „Bringst du uns in die Stadt?", ruft Loren Andrej hinterher. „Von mir aus." Schnell rennen die drei Andrej nach. Wie es Loren an diesem Morgen tat, starren auch Liam und Jace das Auto wie Bekloppte an. „Das ist echt deiner?", fragt Jace ungläubig, ein nicken von Andrej reicht um ihn zu überzeugen.

## 17

Da Andrej eigentlich zu sich Nachhause fahren wollte, parkt er den Wagen vor dem schäbig aussehenden Block. „Ab hier müsst ihr selbst weiter, ich bin müde." Sein Gähnen unterstreicht die eben gemachte Bemerkung noch. Danken marschieren die drei in die Stadt.

Vor einem hübsch aussenden Brunnen machen sie Halt. „Was wollen wir eigentlich unternehmen?", fragt Liam in die Runde. „Wir könnten Shoppen gehen oder Essen.", meint Jace. „War ja klar, dass du Essen vorschlägst. Aber ich hätte eher an die Freizeitanlage am Stadtrand gedacht." Überrascht einen ernsthaften Vorschlag von Loren zu erhalten, starren die anderen Beiden ihn an. „Klingt gut. Ich bin dabei.", meint Liam, daraufhin nickt auch Jace.

Gegen fünf Uhr schliesst der Freizeitpark mit verschiedenen Attraktionen schon. Vom kleinen Hindernislauf bis Achterbahnen ist beinahe alles vertreten. Glücklich erschöpft marschieren die drei zurück ins Stadtzentrum. Mit knurrenden Mägen gehen sie in ein Restaurant. Sie alle bestellen einen Salat zur Vorspeise, dann einen Cheeseburger mit Pommes und zum Dessert verschiedenes Eis. Etwas überrascht das Loren alles bezahlen will, nimmt die Kellnerin den Schein entgegen. Dankt für ihren Besuch und wünscht einen angenehmen Abend.

„Wohin jetzt?", fragt Loren begeistert. Da sie keine guten Ideen mehr haben, bummeln sie noch etwas durch die Stadt. Hier und da gehen sie in einen Laden, kaufen Kleidung, Games, Spiele und Liam gar ein Buch.

Um acht Uhr schaut Loren auf sein Handy. „Ähm Leute ich sollte dann mal los. Meine Schicht beginnt in einer Stunde und ich muss mich noch Zuhause umziehen und vorbereiten." „Wir begleiten dich!", stellt Jace etwas zu euphorisch fest. Zehn Minuten später stehen sie auch schon an der Bushaltestelle in der Nähe seines Zuhauses. Ohne klingeln oder sich sonst bemerkbar zu machen, tritt Loren ein, dann seine Freunde.

Andrej steht in der Küche, in seinem Arbeitsoutfit. „Ich bin wieder da! Jace und Liam sind auch hier!", ruft Loren viel lauter als nötig. „Ich höre dich gut.", stellt Andrej fest, nachdem er den Kopf aus der Küche heraussstreckt. „'Tschuldige ich dachte du duschst." Blitzschnell huscht Loren unter die Dusche, zieht sich eine Enge Short an, dazu ein Netzmuskelshirt. Damit er nicht so entblösst vor seinen Kollegen steht, nimmt er Andrejs Bademantel.

Geschockt betrachtet Jace Andrej, der sich genüsslich sein Abendessen in den Mund schaufelt. „Jace starren ist unhöflich.", raunt Loren ihm zu, nachdem er sich von hinten an ihn herangeschlichen hat. Ein mädchenhafter Schrei verlässt seine Kehle, worauf hin er Loren spielerisch auf die Brust boxt. „Lu was machen deine Freunde noch hier?", will Andrej zwischen zwei bissen wissen. „Anscheinend wollen sie uns bei der Arbeit zuschauen kommen." „Solange sie etwas bestellen ist es mir egal. Nur Traver wird durchdrehen, wenn er seinen kleinen Bruder sieht wie er Jessi oder eine andere an grabscht.", erklärt Andrej als ob Jace nicht anwesend wäre. „Hallo?! Ich bin hier und kann euch hören." „Gut, dann muss ich mich nicht wiederholen!"

Viertel vor neun, marschieren sie zu viert in den Club. Da Loren nun arbeiten muss, entledigt er sich Andrejs Bademantel. Erst ist es ihm unangenehm so um seine Freunde herum zu sein, aber er gewöhnt sich schnell daran. Selbst, dass er ihnen Drinks bringen muss, stört ihn kaum.

Wie erwarte vergeht der Abend schnell. Um halb elf sind Liam und Jace mit dem letzten Bus nach Gleissich gefahren. Gerade als es Loren lockerer nehmen will, kommt Lionel zur Tür herein. Mit grossen Schritten nähert er sich Loren. „Lust viel Geld zu verdienen Balg?", spricht der schwarzhaarige ihn an. „Kommt darauf an.", entgegnet Loren kühl. Immerhin weiss er noch genau, wie letztes Mal Andrej wegen diesem Typen durchgedreht ist. „Ich will dich für eine Session buchen, das ist alles." „Nein.", entschieden dreht sich Loren von dem Mann weg, dabei merkt er den stechenden Blick von Andrej. Wie eine Raubkatze pirscht sich der Russe an, bevor er Loren hinter sich in Sicherheit bringt. „Lionel lass die Finger von meinem Jungen!", knurrt Andrej gehässig. Entschuldigend hebt Lionel seine Hände, grinst jedoch bösartig dazu.

Obwohl weder Loren noch Andrej Pause haben, zieht der Russe ihn hinter die Kulisse. „Halt dich fern von dem Typen! Ich will nicht, dass du ihn ansiehst, geschweige denn mit ihm sprichst! Hast du das kapiert?" „Was erwartest du von mir? Ich arbeite hier verdammt! Da kann ich nicht einfach wegrennen und mich hinter dir verstecken und ausserdem habe ich abgelehnt!" „Ich wollte dich nicht wie ein Kleinkind behandeln, aber ich kann nicht anders, immerhin wirst du mein Schüler und da erwarte ich Folgsamkeit." „Ja Sir. Besser?", hackt Loren grinsend nach. „Ja viel besser Lu. Wenn wir uns ein Opfer ausgesucht haben, nennst du mich nur noch so und für dich werden wir etwas Passendes finden." Mit einem kribbeln im Körper verlässt Loren die Garderobe, er kann es kaum erwarten sein erstes Opfer in den Händen zu halten. Allerdings hofft er, dass es ein gutes Ende nehmen wird. Immerhin will er niemanden Töten, nur quälen. In wie fern das besser ist, ist sich Loren nicht sicher, aber er glaubt fest daran.

Zehn nach zwölf wirft Loren sich auf das Sofa, schläft direkt ein. Erst am nächsten Morgen öffnet er seine Augen wieder. Wie gehabt fährt Andrej ihn zur Schule. Den ganzen Nachmittag zocken die drei Jungen bei Jace Zuhause. „Woher hat dein Freund all das Geld?" „Er ist nicht mein Freund! Er ist ein Freund!", stellt Loren klar, als Jace mit den Augenbrauen wackelt. „Und ich weiss es nicht.", fügt er seinem Wutausbruch hinzu.

## 18

Ein Monat ist bereits rum. Andrej erklärte Loren
viel, aber ein praktisches Beispiel haben sie noch
nicht gehabt. „Willst du einen Jungen oder ein
Mädchen?" „Junge, ich schlage keine Mädchen."
„Wie alt?" „Keine Ahnung sechzehn?" „Gut ein
sechzehn Jähriger Junge.", fasst Andrej zusammen. Seit gut einer Woche wohnen die Beiden nun
nicht mehr in der kleinen Wohnung, sondern in
einem schönen zweistöckigen Einfamilienhaus.

Der Keller wurde von Andrej Schalldicht umge-
baut und zu einer Art Gefängnis aufgerüstet. Hinter einer echt aussehenden Aussenwand befindet
sich zwei kleine Zellen. An den Wänden stehen
Regale mit verschiedenen Werkzeugen. Die meisten findet man in jedem Haushalt, nur werden sie
dort anders genutzt.

Wie so oft sitzt Andrej im Keller und bastelt an etwas herum, während Loren in aller Ruhe Fern
sieht. Als es klingelt springt Loren aufgeregt auf,
rennt zur Tür, reisst diese auf, um seinen Freunden Einlass zu gewähren. Da Andrej nichts gegen

mehr junge Männer einzuwenden hatte, sind Nero, Tim und Dylen auch dabei. Genüsslich trinken die sechs Bier. Dann macht Loren eine kurze Hausführung, nur den Keller und Estrich lässt er weg. Beeindruckt von Lorens neuer bleibe, setzten sich alle im Wohnzimmer auf das Sofa.

Als Andrej zu den Jüngeren stösst, sind alle schon recht angeheitert. Grinsend beobachtet er sie, lässt sich aber nichts anmerken. Um nicht wie ein bunter Vogel unter Spatzen aufzufallen, beginnt auch er zu Trinken. „Muss Jemand von euch Nachhause, oder dürft ihr alle hier Übernachten?", fragt Andrej bevor er sich sein nächstes Bier holt. „Nee wi bleien alle hie.", lallt Jace sichtlich ausser Stande einen vernünftigen Satz zu sagen. „Ist vielleicht auch besser so, so betrunken ihr seid.", merkt Andrej an. Sofort werfen ihm alle einen bösen Blick zu, lachen aber innert kürzester Zeit wieder.

Mit einem heftigen Kater erwachen die jung Erwachsenen. Andrej hingegen steht knapp bekleidet hinter dem Herd und brät allen Spiegelei mit Speck. Bevor die Küche gestürmt wird, zieht er sich richtig an, serviert das Essen, mit Orangensaft und daneben für alle ein Aspirin.

Jammernd folgen alle Andrejs ruf in das Esszimmer zukommen. Alle greifen erst zum Aspirin, dann erst essen sie. „Das schmeckt köstlich.", nuschelt Liam. Sofort bestätigen dies alle mit Nicken und „Mh", lauten. Gegen zwei Uhr nachmittags verziehen sich alle. „Da nun deine Freunde weg sind, kann ich dir dein Geschenk zeigen. Komm!" Wie ein Kind an Weihnachten stürmt Andrej die Treppe herunter und wartet ungeduldigen auf Loren am Fusse der Treppe. „Was willst du mir denn zeigen?", fragt Loren, als er sich im leeren Keller einmal um die eigene Achse dreht. „Die Zellen.", schubst Andrej Loren auf die Wand zu.

Kaum öffnet er die versteckte Tür, hört er ein leises Wimmern. Augenblicklich werden seine Knie weich, Schweissperlen bilden sich auf seiner Stirn, die Hände werden kalt. Behutsam schiebt Andrej Loren in den kleinen Zwischenraum zwischen den Zellen. Eine kleine Gestalt rutscht schnell in den hinteren Teil der Zelle. Dabei rascheln Ketten, die an seinen Hand- und Fussgelenken angebracht sind. „Dein Geschenk, ich hoffe er gefällt dir.", verkündet Andrej stolz. „Darf ich ihn rausholen und ansehen?" Ohne Zögern öffnet Andrej die Zelle, packt den Jungen am Arm, zieht ihn grob auf die Beine und in den Kellerraum, nachdem er die Fesseln entfernte. Da dort das Licht besser ist, kann Loren ihn unter die Lupe nehmen. „Er heisst Kyen, ist sechszehn." Der zitternde Junge lässt sich von Andrej auf einen Stuhl setzen. Die blond gefärbten Haare umrahmen seine karamellfarbene Haut perfekt, seine dunklen Augen beobachten jede Bewegung von Andrej. Einige Blutergüsse zieren seine Arme, das Shirt ist zerrissen und hängt in Fetzen an ihm herunter. Seine Knochen stehen leicht hervor, da er so dünn ist. Erst jetzt fällt auf wie klein der Junge für sein Alter ist.

„Woher hast du den Jungen?", fragt Loren interessiert. „Mein Bruder hat Gregory zu mir geschickt. Ich habe ihm meine Wünsche durchgegeben und er meinte er habe erst vor kurzem einen Jungen auf einem Markt gesehen, der genau das sein könnte, was ich suche." „Was für ein Markt." „Menschenhandel." „Versteht er mich?" „J-Ja Sir.", antwortet der Junge mit gesenktem Kopf. Seine Stimme ist schwach und brüchig.

Der Anblick dieses Jungen schmerzt Loren in der Seele und dennoch will er nicht, dass es ihm wirklich besser geht. „Ich hol ihm etwas zu Essen, dann soll er sich Waschen und sich etwas anderes Anziehen.", meint Loren mit einem bemitleidenswerten Blick. „Wieso willst du das?", fragt Andrej belustigt. „Weil ich einen Jungen wollte und kein Häufchen lebende Haut!" „Tu was du nicht lassen kannst! Immerhin gehört er nun dir."

Kaum ist Loren aus Andrejs Sichtfeld, rennt er wie vom Teufel verfolgt die Treppe hoch in die Küche um dem Jungen ein Sandwich zu machen. Den Weg herunter nimmt er gemütlich, damit seine Atmung sich nicht beschleunigt. „Hier.", er drückt dem Jungen den Teller in die Hände, doch er rührt sich nicht. Daher entscheidet sich Loren den Jungen zu füttern.

„Wie lange war er auf dem Markt?", fragt Loren an Andrej gewandt. „So wie er aussieht, etwa zwei Jahre." „Und wie kam er dort hin?" „Frag nicht so viel Lu!" „Ich war ein Strassenkind, dann wurde ich in einen kalten, kleinen Käfig gesteckt und nach endlosen drei Jahren, wurde ich von einem grossen Mann, wie Ihr Freund einer ist, gekauft und hier hingefahren.", erzählt Kyen.

„Weisst du was ich mit dir vorhabe?", fragt Loren sicherheitshalber nach. Kopfschüttelnd verneint der Junge. „Ich werde dich nicht töten und auch nicht missbrauchen." Erleichtert pustet Kyen die angehaltene Luft aus, bei diesen Worten schöpft er Hoffnung, welche ihm durch die folgenden gleich wieder geraubt wird. „Ich werde dich ein wenig quälen. Vielleicht gar Foltern, aber nicht töten." Mit offenstehendem Mund, weit aufgerissenen Augen, beginnt sein zierlicher Körper zu beben. „Das war eine psychologische Folter, gut gemacht Lu.", rühmt Andrej ihn, doch Loren wollte dem Jungen eher die Angst nehmen als ihm welche zu bereiten.

Da Loren sich sicher in seiner Umgebung fühlt, lässt er Andrej die Fesseln entfernen. Unbeholfen schubst er den Jungen zu einer kleinen Badewanne, mit Duschkopf. Als das kalte Wasser Kyens Körper streift wimmert er lauter als zuvor. „Wird gleich besser.", versichert Loren ihm. Wie versprochen stellt Loren das Wasser auf eine angenehme Temperatur ein und wäscht den Jungen so gut es eben geht. „Sir? Kannst du ihm ein Shirt,

Jogginghose und Unterwäsche aus meinem Zimmer holen? Und vielleicht einen dicken Pulli.", bittet Loren Andrej. Beide Schauen Loren überrascht an, allerdings aus verschiedenen Gründen. Kyen vermutet, dass Loren einst in seiner Position war und Andrej in Lorens. Wogegen Andrej über Lorens Unterwürfigkeit ihm gegenüber staunt.

Wortlos holt Andrej die gewünschten Kleidungsstücke. In seiner Abwesenheit fragt Kyen: „War der grosse Mann einst dein, wie sagt man das? Das was du jetzt für mich bist?" „Ach nein. Er ist mein Mentor und lehrt mir alles. Du hattest einfach nur Pech bei mir zu landen.", ein gezwungenes Lächeln stiehlt sich auf Lorens Gesicht.

## 19

Wie jeden Freitag holt Andrej Loren von der
Schule ab. „Bist du bereit?" „Wofür?" „Deine erste
Lektion mit Kyen steht an. Es ist alles vorbereitet,
wir können gleich loslegen." Mit sich selbst un-
eins, ob er wirklich Andrejs Weg gehen will, kaut
Loren auf seiner Lippe herum. „Stimmt etwas
nicht?", fragt Andrej kaum sieht er Loren an.
„Nein alles gut.", entgegnet Loren schnell.

Kaum steht der Wagen still, springt Andrej raus.
Doch Loren sitzt wie festgefroren auf dem Beifah-
rersitz. Leicht besorgt öffnet Andrej die Tür. „Ist
wirklich alles in Ordnung?" Kopfschüttelnd presst
Loren sich in den Sitz. „Ich will Kyen nichts antun! Er ist zu schwach und unschuldig! Andrej ich
kann das nicht!" Tränen steigen in ihm auf, verlassen seine Augen aber nicht. „Wie du meinst, er ist
dein Eigentum. Mach mit ihm was du willst, nur
lass ihn nicht frei, sonst haben wir ein gewaltiges
Problem." Überrascht, dass es Andrej so locker
nimmt, worauf sie über einen Monat hingearbeitet
haben, steigt Loren aus, um Andrej ins Haus zu
folgen.

Die Tür ist noch nicht eingerastet, als Andrej Loren mit Schwung dagegen drückt. Ein Schmerz erfülltes Stöhnen verlässt seinen Rachen. Die eine Hand legt Andrej Loren um die Kehle, die andere stützt er an der Tür ab. „Sag das noch mal!", zischt Andrej dem verängstigten Jungen vor sich zu. „Ich kann das nicht?", fragt Loren nach, da er sich nicht sicher ist, was Andrej hören will. „Ich hätte dich damals töten sollen! Aber nein, du wolltest lernen und ich dachte einen Schüler zu haben, könnte Spass machen!" Strampelnd und nach Luft japsend versucht Loren Andrejs griff zu entkommen. Erfolglos. Nachdem Loren wie ein nasser Sack in sich zusammengesunken ist, trägt Andrej ihn in sein Zimmer, wirft ihn aufs Bett.

Um sich abzureagieren, tobt er sich an Kyen aus. Nach knappen zehn Minuten verstummen seine Schreie. Er fällt zwischen der erlösenden Bewusstlosigkeit und dem schmerzenden Wachsein hin und her.

Als Loren zu sich kommt, schmerzt sein Hals höllisch. Benommen legt er seine Hand auf den Hals, dann kommt im alles in den Sinn. So schnell er kann verlässt er sein Zimmer, um in den Keller zu gelangen. Kyens Anblick lässt ihn innehalten. Ein schneidendes Geräusch fährt durch die Luft, gefolgt von einem schwachen wimmern. Schützend stellt Loren sich vor den blutüberströmten, zitternden Körper. „Geh weg oder es trifft dich!", droht Andrej. Währenddessen kauert sich Kyen zu Lorens Füssen. Gerade als Andrej die Peitsche durch die Luft zischen lassen will, stürmt Loren auf ihn zu. Mit Schwung reisst er ihn zu Boden, versucht ihn zu fixieren. Was leider misslingt. Mit wutverzerrtem Gesicht drückt nun Andrej Loren auf den kalten Steinboden.

Einige Minuten verharren sie in dieser Stellung, bis sich Loren räuspert. „Was!", blufft Andrej ihn an. „Bist du fertig?" Um ihm nicht antworten zu müssen, stolziert Andrej aus dem Keller.

Behutsam säubert Loren die Wunden des Blonden, darauf achtend ihm nicht zu viele Schmerzen zu zufügen. „Warte kurz, ich muss etwas holen.", bittet Loren. Unfähig sich gross zu bewegen nickt Kyen einfach.

Wie bereits vermutet sitzt Andrej auf dem Sofa und sieht Fern, dabei wischt er seine blutigen Hände an einem feuchten Tuch aus der Küche sauber. „Ich wollte dich nicht enttäuschen.", macht Loren auf sich aufmerksam. „Das hat wohl nicht funktioniert.", entgegnet der Russe ohne aufzusehen. Obwohl Loren weiss, wie dumm es ist Andrej jetzt zu reizen, kann er nicht anders. Lautlos schleicht er sich an, packt Andrejs Haare, die er mit einem Ruck zu sich zieht. Nicht auf einen spontanen Angriff vorbereitet, entweicht ihm ein Schmerzenslaut. Den Kopf in den Nacken gerissen, fühlt er auch schon einen brennenden Schmerz auf seiner Wange, bevor er Druck auf seiner Kehle wahrnimmt. Vollkommen perplex lässt er es geschehen.

Elegant springt Loren über die Sofalehne, schnappt sich den dolchförmigen Brieföffner vom Salontisch und rammt diesen in Andrejs Schulter. Noch bevor Loren die Waffe aus Andrejs Fleisch ziehen kann, wird er auf den Boden geschubst. Teuflisch grinsend steht der Russe nun über ihm. „Du hast mich angegriffen!", stellt Andrej vorwurfsvoll fest. Erst jetzt realisiert Loren was er getan hat. Augenblicklich krallt er sich in den bordeauxroten Teppich. Angsterfüllt rutscht er rückwärts weg von dem dunkelhaarigen. Zu seiner Überrasch macht Andrej keinerlei Anstalt ihn daran zu hindern.

Schnell huscht Loren ins Badezimmer, kramt den erste Hilfe Koffer aus dem Schrank, um mit diesem so schnell als möglich im Keller zu verschwinden. Kyen Sitz noch genauso da wie Loren ihn zurückgelassen hat. Vorsichtig trägt Loren eine Creme auf, dann legt er einen Verband um dessen Wunden, bevor er Kyen hilft sich anzuziehen. „Das kannst du echt gut.", rühmt Andrej hinter Loren. Er fährt herum, nun weiss er, dass Kyen sich nicht wegen der Schmerzen versteifte, sondern wegen dem Russen. „Ähm danke?", fragt Loren verunsichert. „Oh wie verdammt unschuldig du wieder wirkst! Nachdem du mir den Brieföffner in die Schulter rammtest." Nach einer kurzen Pause fügt er hinzu: „Wenn du mit Kyen fertig bist und er in seiner Zelle sitzt, kommst du zu mir." Da Loren so laut schluckt, dass es alle hören, besänftigt Andrej ihn, indem er ihm verspricht ihm nichts anzutun.

Mit mulmigem Gefühl erklimmt Loren die Stufen. Vor Andrejs Zimmer bleibt er stehen, bevor er zögernd Eintritt. „Du wolltest mich sehen?" „Beantworte mir folgende Frage und sei ehrlich! Weshalb willst du Kyen nichts tun, dafür mir?" Nach reichlichem Nachdenken zuckt Loren erst mit den Schultern, bevor er seinen Mund öffnet. „Er ist so schwach, dünn und hilflos, du dagegen …", seufzt Loren. „Du willst demnach ein starkes Opfer, der sich ohne weiteres wehren kann?", fasst Andrej Lorens Worte zusammen. Unsicher nickt dieser, denn er ist sich überhaupt nicht sicher.

Wie jeden Mittwochmorgen langweilt sich Loren im Biologie Unterricht. Er beginnt mit Jace und Liam Zettel auszutauschen. Auf dem letzten Zettel von Jace fragt er, ob sie nach der Schule zu ihm wollen um zu zocken. Liam hat bereits das `Ja` Kästchen angekreuzt, daher setzt Loren sein Kreuz unter Liams, dazu malt er ein grinsendes Smiley hin. „Wollen Sie uns etwas mitteilen Herr Jonson?", fragt seine Lehrerin angesäuert. „Nein Miss.", gibt Loren genervt von sich.

Kaum wird der Unterricht fortgesetzt klopft es an der Tür. Ein lautes „Herein!", seitens der Lehrerin, lässt die Tür aufgehen. Vollkommen auf den Zettel in seinen Händen konzentriert, sieht Loren nicht auf. „Guten Tag Miss, bitte entschuldigen Sie die Störung." „Kein Problem! Sie sind nicht der Erste." „Ach nein?" „Nein, Loren bemüht sich mal wieder meinen Unterricht zu stören!", zischt die Lehrerin kühl. „Hm! Wegen diesem Jemand bin ich hier! Wir werden eine kleine Reise machen, daher werde ich ihn für eineinhalb Wochen aus dem Unterricht nehmen. Das Sekretariat ist bereits in Kenntnis gesetzt."

Abwesend starrt Loren immer noch auf das kleine Stück Papier vor sich. Daher stellt Andrej sich vor den Jungen, keine Reaktion seiner Seitz. Genervt schlägt Andrej mit der flachen Hand auf Lorens Pult. Wie erwartet schreckt dieser aus seinen Gedanken und starrt ihn entgeistert an. Bevor er nachdenkt, verlassen bereits Worte seinen Mund. „Nerven Sie wen anders!" Mit hochgezogener Augenbraue wartet Andrej ab, was nun geschieht. „Sorry, was willst du hier?" „Pack deine Sachen! Wir gehen!", befiehlt Andrej kalt. „Bitt…", versucht Loren sich erneut zu entschuldigen, doch Andrej schneidet ihm das Wort ab. „Lass es und pack jetzt deine Sachen! Los!"

Auf dem Parkplatz schubst Andrej Loren unsanft auf die Rückbank. Da er protestieren will, knallt Andrej die Tür zu, geht um das Fahrzeug, setzt sich auf den Fahrersitz und rauscht davon. Als Loren Luft holt um etwas zu sagen, herrscht Andrej ihn an. „Halt gefälligst die Klappe!" Entschuldigend senkt Loren den Kopf. Erst Zuhause traut er sich den Blick wieder zu heben. „Pack deine Sachen! Kleidung und Hygieneartikel für elf Tage."

Ohne nachzufragen, tut Loren was ihm aufgetragen wird, immerhin will er Andrej nicht noch wütender machen als er ohne hin schon ist.

Eine halbe Stunde später sitzen die Beiden erneut im Wagen. „Wohin fahren wir?", traut sich Loren nach einer unangenehmen Stille zu fragen. „Urlaub in Russland und dazu noch ein paar Besuche und Einkäufe." „Bist du noch sauer auf mich?", hackt Loren vorsichtig nach. „Nicht nur das, ich bin wirklich enttäuscht von dir Balg! Dennoch will ich dir noch eine Chance geben, also vermassle es nicht! Nur damit du verstehst wie ernst die Lage ist, falls du es versaust, bist du auf derselben Stufe wie Kyen.", droht Andrej, dabei beobachtet er Lorens Reaktion. Grinsend stellt er fest, dass seine Drohung die gewünschte Wirkung zeigt.

## 20

Nahezu die ganze Reise verschläft Loren, während Andrej hier und da Telefonate führt. Müde reibt sich Loren den Schlaf aus den Augen, als Andrej ihn wachrüttelt. Erstaunt stellt er fest, dass sie auf einem kleinen Flughafen gelandet sind. Ein kurzer Blick durch das kleine ovale Fenster neben ihm, genügt um einen schwarzen Wagen und zwei bewaffnete Männer zu erkennen. Schnell drückt er sich in den Sitz, dabei weicht die Farbe aus seinem Gesicht. Andrej wird mich hier hinrichten lassen, huscht durch Lorens Kopf, gefolgt von weiteren solchen Gedanken. „Na toll, er ist mal wieder ganz woanders!", flucht der Russe, als er bemerkt, dass Loren ihm nicht folgt.

Unsanft rüttelt Andrej Loren an der Schulter. „Kommst du jetzt?" Zögernd späht Loren erneut aus dem Fenster, bevor er verneinend den Kopf schüttelt. „Ich wiederhole mich nur äusserst ungern! Also komm mit verdammt!" Da Loren immer noch keinen Wank macht, packt Andrej ihn am Arm, reisst ihn auf die Füsse, schleift ihn hinter sich her aus dem Flugzeug, in den schwarzen Wagen.

Die Bewaffneten steigen vorn ein, grüssen kurz auf Russisch, um dann loszufahren. Mit jeder weiteren Minute wird Loren unwohler. Er rutscht auf seinem Sitz hin und her, beobachtet Andrej, dann wieder die beiden Männer auf den vorderen Sitzen. „Lu!" „Ja Sir?", fragt Loren automatisch nach, da er es sich angewöhnt hat, wenn Andrej wütend ist ihn möglichst unterwürfig zu erscheinen. „Du machst mich nervös, wenn du so hin und her rutschst, also bitte unterlass es!"

Einige Minuten kann Loren sich beherrschen, dann hält er es einfach nicht mehr aus. Erneut rutscht er ungeduldig auf und ab, knetet seine Finger, wuschelt sich andauernd durchs Haar. „Ich warne dich!", zischt Andrej auf einmal. Mitten in seiner Bewegung erstarrt Loren.

Vor einem grossen Anwesen macht der Wagen halt. Bevor Andrej und Loren aus dem Wagen gelassen werden, sichern die beiden Männer die Umgebung. Andrej springt sofort aus dem Wagen, als ihm die Tür geöffnet wird, doch Loren verkriecht sich tiefer in den Wagen. Angesäuert von Lorens Verhalten, packt Andrej ihn an den Haaren, zieht ihn hinter sich her auf den Eingang zu. In der Eingangshalle werden beide auf Waffen durchsucht, während Andrej die Untersuchung locker über sich ergehen lässt, wehrt Loren sich wie ein Tier in der Falle. Da Loren sich als äusserst schwierig erweist, wendet sich der Russe, den Loren bis eben durchsucht hat, an Andrej. Dieser nickt erst, bevor er harsch antwortet. Dann dreht er sich zu Loren um. „Halt still, oder ich lass dich wie im Knast untersuchen!" Erinnerungen schiessen Loren durch den Kopf. Wie unangenehm es ihm war, entblösst vor Fremden zu stehen und sich dann von ihnen anfassen zu lassen. Daher lässt er sich nun ohne Schwierigkeiten abtasten.

Ein grossgewachsener Mann führt die Beiden in das Wohnzimmer, wo bereits ein weiterer Mann im Anzug auf dem Sofa sitzend wartet. Andrej grüsst den Anzugträger lächeln, bevor er ihm um den Hals fällt. Diesen Augenblick nutzt Loren um sich hier umzusehen. Neben einem Sofa für vier oder fünf Personen, stehen noch zwei Sessel, ein Salontisch, eine Vitrine mit verschiedenen alkoholischen Getränken und ein Kamin im Raum. Dazu liegt ein grosser, teuer aussehender Teppich auf dem Boden. Neben jeder Tür stehen zwei bewaffnete Männer in schwarzer Kleidung, insgesamt sind sechs solcher Männer anwesend.

Während Andrej sich mit dem Anzugträger auf Russisch unterhält, untersucht Loren den Raum genauer. Vorsichtig bewegt er sich auf die Vitrine zu. Edles, dunkles Holz umschliesst das Glas. Sanft streicht Loren mit dem Zeigefinger darüber, dabei entdeckt er feine Schnitzereien. Behutsam lässt er seine Fingerkuppe eben diese Linien erkunden. Bereits etwas mutiger schaut er sich den Inhalt der Vitrine an. Seine Augen bleiben an einem Bild hängen. Darauf glaubt er Andrej in jüngeren Jahren wieder zu erkennen. Da Loren glaubt unbeobachtet zu sein, öffnet er die Glastüren, nimmt sich das Bild heraus und mustert es genauer. Jetzt ist er sich sicher, dass es Andrej sein muss. „Es ist unhöflich anderer Leute Sachen einfach zu nehmen.", meint Andrej streng hinter Loren, dieser erschreckt sich so sehr, dass er das Bild fallen lässt. Zu einer Salzsäule erstarrt, starrt Loren auf die vielen kleinen Glassplitter vor seinen

Füssen. Er glaubt Andrejs Wut hinter sich zu spüren, weil er den Bilderrahmen fallen liess. Doch sein kehliges Lachen ertönt.

Vorsichtig hebt Loren die grösseren Scherben auf, dabei bohrt sich eine Scherbe tief in seine Handinnenfläche. Ein leises: „Au!", verlässt sein Mund, wodurch er Andrejs Aufmerksamkeit erregt. Da Loren sich nach seinem Fehlverhalten nicht mehr rührte, setzte sich Andrej wieder auf das Sofa um das Gespräch weiter zu führen. Er achtete bis eben nicht mehr auf Loren. Doch nun steht er erneut vor dem jungen Mann. „Zeig her!", fordert Andrej Loren auf, der seine Hand erst hinter seinen Rücken streckt, bevor er sich umentscheidet und Andrej die Wunde anschauen lässt.

Ohne auf seinen Gastgeber zu achten, zieht Andrej Loren neben zwei bewaffneten Männern in einen anderen Raum. Wie zuvor im Wohnzimmer, mustert Loren auch diesen Raum erst genau. Es stellt sich aus Küche heraus. Eine grosse Marmorarbeitsplatte steht frei im Raum, dahinter sind ein Doppellavabo, Kochfelder, Kühlschrank, mehrere edelaussehende Holzschränkchen, eine Abwaschmaschine und diverse Küchengeräte. Schnell öffnet Andrej einige Schränke, bevor er sie alle wieder schliesst. Nach dem sechsten findet er was er suchte, eine Schale.

„Spül deine Hand mit kaltem Wasser ab, dann legt sie hier rauf und halt still.", Andrej deutet auf die Marmorplatte. Wie befohlen, macht Loren was ihm aufgetragen wurde. Behutsam entfernt Andrej den Glassplitter, doch als Loren seine Hand beugt, entweicht ihm ein gequältes Keuchen. „Was ist?" „Die Scherbe ist gebrochen, ein Teil steckt noch in meiner Hand.", erklärt Loren. „Warte kurz, ich hole alle nötigen Dinge um dir die Scherbe herauszuziehen." Geduldig wartet Loren, doch nach einigen Minuten fühlt sich seine Hand taub an. Weswegen er beginnt darauf herumzudrücken, als er ein knirschen hört, lässt er sofort ab. „Oh fuck!", flucht er, da er die Scherbe erneut gebrochen hat.

„Lu das wird jetzt sehr schmerzhaft, daher will ich, dass du dich aufs Sofa legst, die Augen schliesst und an etwas Schönes denkst. Sollte der Schmerz unerträglich sein, sagst du Bescheid.", weist Andrej ihn an.

Im Wohnzimmer legt Loren sich auf den Rücken auf das dunkelbraune Ledersofa. „Du willst ihn nicht betäuben?", fragt nun der Mann auf dem Sessel ungläubig nach. Überrascht ihn deutsch sprechen zu hören, schnellt Lorens Blick zu ihm. „Nein, er soll es ruhig aushalten, immerhin hat er mich sehr enttäuscht.", erklärt Andrej sein Handeln. Kalter Schweiss bildet sich auf Lorens Stirn, als er die Zangen und Klemmen auf dem Salontisch sieht.

„Kann ich was haben?", fragt Loren noch bevor Andrej ansetzt. „Nein, wenn du glück hast später." „Ist es wegen Kyen?" „Zum Teil." „Wegen dem Brieföffner?" „Lass die Fragerei!" Damit hat Loren seine Antwort auch. Schweigend lässt er die Tortur über sich ergehen. Von Zeit zu Zeit verlässt ein winselnder Laut seine Kehle oder ein scharfes einatmen, doch Andrej erbarmt sich nicht. Mit einem Klirren legt er zwei Klemmen auf dem Salontisch ab, danach wischt Andrej ein letztes Mal das Blut von Lorens Hand. Verkrampft liegt Loren genauso da wie zu beginn, nur auf seiner Haut hat sich ein Schweissfilm gebildet. „Ich spüle die Wunde noch aus, dann nähe ich den Schlitz und lege noch ein Verband darum. Hälst du das noch aus?" Andrejs Blick lässt Loren keine andere Wahl als: „Ja mach einfach!", zu antworten. „Sicher?", hackt Andrej wissend nach, dass Loren schon vor langer Zeit die Schmerzen nicht mehr aushält. „Nein. Aber das ist die falsche Antwort, also bitte mach einfach schnell." Lorens Stimme nimmt einen bittenden Unterton an. „Wie du willst." Ein Dienstmädchen taucht auf einmal mit einer Schale und einer Spritze, an der ein Schlauch befestigt ist auf. Misstrauisch beäugt Loren das Mädchen, das ungefähr in seinem Alter sein muss. „Schau nicht so fragend! Du warst vor einigen Minuten kurz weggetreten.", beantwortet Andrej Lorens unausgesprochene Frage. „Kann ich ein Schmerzmittel haben, wenn du fertig bist?" Nickend bestätigt Andrej Lorens anliegen.

Die Flüssigkeit in der Spritze brennt wie Feuer in Lorens Hand. Ruckartig zieht er seine Hand zurück. Doch als Andrej ihn mahnend ansieht, legt er die Hand erneut über die Schale. Unterdrückte Schreie verlassen seine Kehle, welche Andrej nur zu gerne geniesst und Lorens Leiden noch etwas hinauszögert. Nach acht Nadelstichen ist es endlich vorüber. Mehr bewusstlos als anwesend liegt

Loren auf dem Sofa. Andrej lässt ihn einfach dort liegen und geht mit dem Fremden in sein Büro, um über Geschäftliches zu sprechen.

Nach knapp einer Stunde, in der Loren ständig wieder kurz in die Dunkelheit abdriftet, kommt er nun endgültig zu sich. Mühsam quält er sich in eine sitzende Position, nur um festzustellen, dass er allein in dem Raum ist. Die Bewaffneten, sowie Andrej und sein Gastgeber haben den Raum verlassen.

Schwankend macht er sich auf die Suche nach Andrej. Andauernd muss er sich an den Wänden abstützen, um das Gleichgewicht nicht zu verlieren und zu stürzen. Zögernd schleppt sich Loren die Treppe nach oben in den ersten Stock. Geschwächt nimmt er die Schönheit des Hauses nicht mehr wahr. Er wankt neben den wundervollen Statuen und Gemälden durch, an den edlen Kommoden stützt er sich notdürftig ab und der Teppich wird keines Blickes gewürdigt. Normalerweise wäre Loren für dieses Anwesen Feuer und Flamme, aber im Moment will er nur zu Andrej und seiner Erlösung.

Eine Mädchenstimme fragt ihn etwas auf Russisch. „Andrej suchen.", erwidert Loren, der bereits ahnt, dass das Mädchen wissen will, was er hier zu suchen hat. Sie winkt ihn stumm hinter sich her. Unbeholfen folgt Loren dem brünetten Mädchen den Flur entlang. Sie bleibt vor einer dunklen Holztür stehen, klopft an, um wenig später hineingebeten zu werden. Sie sagt etwas auf Russisch, danach deutet sie auf Loren, der sich vor der Tür befindet.

„Na endlich erwacht Dornröschen?", neckt Andrej, doch als er Lorens blasse, verschwitze Haut sieht ändert sich sein Gesichtsausdruck von belustigt zu besorgt. „Ich werde dir ein Bad einlassen, dann ruhst du dich in meinem Zimmer aus.", stellt Andrej fest. „Dein Zimmer?", wiederholt Loren den letzten Teil von Andrej Satz. „Ja Lu mein Zimmer." Als Andrej Loren hochhebt, versucht dieser sich aus der unangenehmen Umklammerung zu lösen, schafft es aber nicht.

Während Andrej warmes Wasser in eine riesige Badewanne einlässt, versucht Loren sich zu entkleiden. Doch er hat zu wenig Kraft um sich die Kleidung vom Körper zu streifen. Daher hilft

Andrej ihm, doch als er seine Finger unter den Bund der Boxershorts schiebt, spannt Loren sich an. „Willst du sie anlassen?" Nickend lässt er sich von Andrej in die Wanne legen. Sofort schliessen sich seine Augen und er dämmert weg. Immer wieder kontrolliert Andrej, wie warm das Wasser ist und das Loren nicht ins Wasser gleitet.

Auf einem weichen Doppelbett kommt Loren zu sich. Seine Hand pulsiert unangenehm, daher zieht er sie eng an den Körper. Erst jetzt fühlt er den nassen Lappen auf der Stirn. Ebenso die Kleidung die er trägt. Ruckartig setzt er sich auf, fällt aber gleich wieder zurück ins Bett. „Bleib liegen Lu, du hast leichtes Fieber.", weist Andrej ihn an. „Durst.", krächzt Loren. Grinsend setzt Andrej ihm ein Babyfläschchen mit Wasser an die Lippen. „Trink es wird dir guttun." Nach drei Schlucken muss er husten. „Wie fühlst du dich mein Kleiner?", will der Russe nun wissen. „Beschissen! Ich habe Schmerzen, Hunger und muss auf Toilette.", jammert Loren, bevor ihm auffällt mit wem er da eigentlich spricht. „Frech wie eh und je. Du bist auf dem Weg der Besserung. Katja bringt dir gleich etwas zu Essen und Schmerzmittel. Muss du Klein oder Gross?" Ein roter Schimmer legt sich auf Lorens Wangen, als Andrej diese Frage stellt. „K-Klein.", stottert Loren sichtlich verlegen. „Gut dann kannst du das gleich hier erledigen." Andrej reicht Loren etwas ähnlich Aussehendes wie eine Vase aus Glas. „Nein! Auf gar keinen Fall!", wehrt Loren sich vehement. „Dein Kreislauf bricht zusammen, wenn du aufstehst. Also hast du zwei Möglichkeiten, entweder im Bett, wo du dich verdecken kannst, oder ich trage dich in die Badewanne." Schnell nimmt Loren die Vase unter die Decke.

Nach zwei endlosen Tagen im Bett und einen überführsorglichen Andrej an seiner Seite, darf Loren endlich wieder aufstehen. „Morgen gehen wir auf einen speziellen Markt. Ich will, dass du dich benimmst! Du wirst nicht von meiner Seite weichen und du wirst das hier tragen." Andrej reicht Loren ein Lederhalsband auf dem in grossen, silbernen Lettern Andrej Jaroslav steht. „Bist du irre!" „Nein, ich kann dir auch gerne ein Branding verpassen, aber ich denke ein Halsband ist das kleinere Übel. Also wirst du es tragen?" „Ein was?", fassungslos schaut Loren den dunkelhaarigen an. „Ein Branding, das ist wie bei Kühen. Ich kann dir auch meine initialen mit glühendem

Eisen in die Haut brennen, wenn dir das lieber ist." „Ich weiss was das ist! Ich bin nicht blöd, nur überrascht. Und nein ich werde dir diese Freude nicht bereiten. Das Halsband wird ausreichen."

## 21

Ausgeschlafen steht Loren am Sonntagmorgen auf. Es ist bereits kurz nach elf Uhr. Nach einer kurzen, aber erholsamen Dusche, sucht er Andrej. Wie erwartet findet er ihn in der Küche, nur diesmal kocht er nicht, sondern unterhält sich mit einem brünetten Hausmädchen. Räuspernd macht Loren auf sich aufmerksam. Andrejs Blick schnellt von dem Mädchen zu ihm, grinsend geht er auf Loren zu, nimmt das Halsband von der Arbeitsplatte, um es Loren umzulegen. „Muss ich es wirklich jetzt schon anziehen? Wir sind ja noch hier, im Haus dieses Typen." Bisher erklärte Andrej Loren noch nicht, dass es sich bei diesem Typen um seinen Bruder Dimitri handelt. „Ja es muss jetzt schon sein. Du wirst dich daran gewöhnen müssen, es ist nämlich nicht sonderlich angenehm es zu tragen.", erwidert Andrej streng. Mit hängenden Schultern gibt sich der Jüngere geschlagen.

Wie Andrej prophezeite scheuert das Halsband an seiner Haut, dazu sind die Kanten der Buchstaben scharf, so dass Loren nicht wild umhersehen kann.

Er muss den Kopf langsam bewegen und immer erhoben haben. „Das ist total beschissen! Es kratzt und ist scharf! Was soll der Mist?!", donnert Loren. „Genau deswegen trägst du es bereits jetzt und nicht erst auf dem Markt. Du sollst dich daran gewöhnen." „Kannst du mich nicht einfach,", Loren überlegt fieberhaft, haut dann die erst beste Idee raus, „an der Hand nehmen oder so." Lachend wendet Andrej sich erneut dem Hausmädchen zu. Sie nickt zwei drei Mal, dann geht sie an die Arbeit.

Nach knappen zehn Minuten stellt das Mädchen zwei Teller auf die Arbeitsplatte. Auf beiden sind zwei Spiegeleier, Speck und je eine kleine Omelette. Dazu reicht sie Andrej noch ein Körbchen mit Toast. Kaum sieht Loren sein Essen, beginnt sein Magen zu knurren. Erst jetzt fällt ihm auf wie hungrig er ist. Erst schlingt er, doch nach einem warnenden Klaps auf seinen Hinterkopf, isst er langsamer. Nach diesem ausgiebigen Frühstück zieht Loren sich in Andrejs Zimmer zurück, während der Russe sich schon wieder mit dem fremden Mann beschäftigt.

Kaum hat Loren es sich auf dem Bett mit seinem Handy gemütlich gemacht, klopft es an der Tür. Erst ignoriert er es, doch als es energischer klopft, steigt Loren aus dem Bett, um die Tür zu öffnen. Seine Augen fixieren automatisch die starke Brust vor ihm, erst dann schaut er nach oben in das Gesicht seines Besuchers. „Gregory.", haucht Loren kaum hörbar, aber der Riese vor ihm hat es wohl doch gehört, denn er grinst von Ohr zu Ohr. Wie bereits festgestellt, kann Gregory kein Wort Deutsch, daher reicht er Loren eine Karte, auf der etwas steht.

Lass ihn rein, er wird dir Gesellschaft leisten, damit du nicht nur faul im Bett liegst und am Handy bist.

Die Nachricht ist mit A. unterzeichnet.

Wie auf der Nachricht gefordert, lässt Loren den Mann eintreten. Drinnen stehen sich die Beiden ratlos gegenüber, bis Loren auf eine geniale Idee kommt. Er kramt aus Andrejs Tasche, dessen Handy. Wie erwartet, hat dieses Gerät eine Internetverbindung.

Damit ein Gespräch stattfinden kann, tippt Loren seine Frage in das Gerät ein und lässt es übersetzten. Genauso macht es Gregory bei seinem Handy. Die ersten Fragen sind belanglos. Loren will wissen weshalb Andrej ihn zu sich geschickt hat. „Ich soll kontrollieren ob du das Halsband noch trägst, was du tust." Die elektronische Frauenstimme passt so gar nicht zu dem Mann vor Loren, so dass er leicht schmunzeln muss.

Erneut klopft es an der Tür, nur diesmal tritt Andrej ein. Überrascht schaut er die Beiden an, die es sich in seinem Bett gemütlich gemacht haben. Als Reaktion springt Gregory auf, lässt das Handy hinter seinem Rücken verschwinden und starrt auf den Boden. Harsch spricht Andrej den Mann an, dieser gibt nur zögernd Antwort, dazu reicht er ihm sein Handy. „Und nun zu dir!", schäumend vor Wut dreht er sich zu Loren, der immer noch entspannt auf dem Bett liegt. „Du wagst es meine Tasche zu durchwühlen, mein Handy ohne meine Erlaubnis zu benutzen und frech liegen zu blieben, wenn ich komme!" „Ja, ja und ja. Und jetzt beruhige dich Andrej, es ist ja nichts passiert. Also reg dich ab und erklärt mir weshalb du mir einen Babysitter ins Zimmer schickst." Bedrohlich nähert Andrej sich dem liegenden jungen Mann, dieser hingegen grinst ihn nur frech an. Kaum glaubt Gregory aus Andrejs Sichtfeld zu sein, versucht er sich raus zu schleichen. Aber noch bevor er die Tür erreicht, pfeift Andrej ihn zurück. Nach einer kurzen, hitzigen Diskussion senkt Gregory seinen Kopf und murmelt etwas versöhnlich Zustimmendes.

„Geh dich umziehen." Andrej drückt Loren schwarze Kleidung in die Hände und deutet auf das Badezimmer. Doch Loren will Andrej noch etwas weiter provozieren, daher streift er sich seine Kleidung vor ihm ab, um die neue anzulegen. Begierig beobachtet Andrej ihn dabei. Sein Gehirn fabriziert Unmengen an Ideen was er mit Loren anstellen könnte, aber dennoch rührt er keinen Finger. „Komm ich muss mich abreagieren gehen!" Extra langsam zeiht Loren seine Schuhe an. „Mach oder willst du mein Abreagierungs Objekt werden?" „Stress mich nicht! Wegen deinem verfluchten Halsband kann ich nicht schneller machen!", lügt Loren. Er könnte, wenn er denn wollte, aber er will nicht.

Nach einer relativ kurzen Fahrt parkt Andrej seinen geliehenen Wagen vor einem Industriegebäude. „Wie klischeehaft.", rutscht Loren über die Lippen. „Dann wirst du gleich überrascht sein." Nachdem Beide ausgestiegen sind, stellt Loren fest, dass ihnen zwei schwarze Fahrzeuge gefolgt sind. Im einen ist Gregory und der Fremde und im anderen sind vier von Gregorys Sorte. Gross, kräftig und bewaffnet. Während die vier Hünen zu dem Fremden gehen, kommt Gregory zu Andrej.

„Andrej wer ist der Typ da eigentlich?", fragt Loren die Frage, die ihm seit Tagen auf der Zunge brennt. „Das ist mein älterer Bruder Dimitri." Offensichtlich überrascht starrt Loren zu Dimitri, dann wieder zu Andrej und zurück zu Dimitri. „Ihr seht euch kein bisschen ähnlich.", stellt Loren fest. „Stimmt. Unterschiedliche Mütter." Noch einmal lässt Loren seinen Blick zu dem blonden Mann, mit Karamellfarbenen Augen gleiten, dann zurück zu seinem schwarzhaarigen Begleiter, mit goldbraunen Augen.

In der Lagerhalle stehen verdächtig viele Maschinen, Tische, PCs und andere Arbeitsutensilien. „Sag mal Andrej, läuft die Firma hier noch?" „Ja durch den Tag ist es eine normale Fabrik, erst in der Nacht wird es zu dem Markt.", erklärt Andrej ruhig. „Stehen gar keine Wachen herum?" „Doch schon. Einige sind auf Patrouille draussen, die anderen sind unten beim Markt selbst. Glaub mir Loren, jedes Fahrzeug, das in die Nähe der Fabrik kommt, wird von Dimitris und meinen Männern gesehen und auf Gefahr hin gescannt. Nur hast du es nicht gemerkt und so soll es auch sein."

Mit einem altaussehenden Personenlift fahren die Acht in den Untergrund. Obwohl beim Lift nur einen Keller angezeigt wird, fahren sie eine Weile mit dem unsicher wirkenden Ding. Ruckartig stoppt es, bevor von aussen zwei Männer die Türen aufschieben. Als Dimitri und Andrej erkennt werden, neigen sie sofort ihre Köpfe. Einer der Männer drückt einen Schalter neben dem Lift, daraufhin verstummt das bisher herrschende Stimmengewirr.

Andrej verabschiedet sich von Dimitri und dessen Männern auf Russisch. Gregory schickt er nach einer kurzen Unterhaltung ebenfalls weg. „Komm, ich will mir die Ware ansehen.", meint Andrej, als er Loren davonläuft. Schweigend folgt Loren ihm.

Beinahe wie erwartet, stehen kleine und grosse Käfige in der Halle. Jeder zweite davon ist belegt. Vom Kind bis zum hohen Alter ist hier alles vertreten. „Andj? Stammt Kyen von hier?" „Ja tut er. Wenn dir ein Objekt gefällt sag es mir." „Ein Objekt?" „Ja.", dabei zeigt Andrej auf einen Jungen in einem Käfig. Stumm nickend folgt er Andrej wieder.

Nach zahlreichen Käfigen stoppt Andrej vor einem. Er geht näher heran, um das Wesen darin genauer zu betrachten. „Gefällt dir dieses Mädchen Lu?" Missmutig nähert sich Loren, um das Mädchen zu betrachten. Sie ist gross, schlank, hübsches Gesicht, braune Schulterlange Haare und blaue Augen. „Ja sie ist hübsch, weshalb fragst du?" „Willst du sie haben?" „Wofür?" „Für eine Stunde oder etwas länger?" „Als ob ich das nötig hätte!", schnaubt Loren beleidigt. Lachend legt Andrej Loren seinen Arm um die Schultern. „Wenn du sie nicht willst, nehme ich sie. Das wird ein Spass!" „Wuäh und ich soll zusehen oder was?!" „Nein, du darfst dich weiter umsehen." Damit Loren sich verständigen kann, drückt Andrej ihm mehrere zweisprachig beschriftete

Kärtchen in die Hand. Murrend blättert Loren sie durch, bevor er ein sarkastisches: „Danke.", murmelt.

Leise wie eine Katze schleicht Loren neben den Käfigen durch. Die verschiedenen Händler schauen ihn misstrauisch an, sagen aber nichts zu ihm. Ein Mädchen erregt seine Aufmerksamkeit, weil sie heulend in der Zelle sitzt. Er geht vor der Zelle in die Hocke, um sie besser zu sehen. Als sie ihn bemerkt, kreischt sie laut. Ein fetter Mann tritt hinter Loren, er packt ihn am Halsband, reisst ihn auf die Füsse und drückt ihn gegen das Gitter. Als er die Buchstaben auf dem Halsband liest, lässt er von ihm ab, bedrängt ihn aber immer noch. Mit zitternden Fingern sucht Loren das Kärtchen mit der Erlaubnis von Andrej hervor, sich auf dem Mark umzusehen. Als er es endlich findet, wie immer, wenn man etwas sucht, ist es zuhinterst, ärgert sich Loren still, zeigt er es dem Mann. Widerwillig lässt er ihn los. Anstatt sich nochmals dem Mädchen zu widmen, sucht Loren das Weite. Er setzt sich an eine Wand neben einem leeren Käfig.

Die Beine eng an den Körper gezogen, vergräbt er sein Gesicht in den darum geschlungenen Armen.

„Solltest du dich nicht umsehen?", fragt ihn eine bekannte Stimme, allerdings gehört sie nicht Andrej. „Er sagte ich darf, nicht ich muss!", rechtfertig Loren sich. Er sieht direkt in Dimitris karamellfarbenen Augen. „Komm ich zeig dir was. Andrej wird mich dafür hassen, aber für mich wird es ein lustiges Schauspiel."

Dimitri führt Loren neben mehreren Käfigen durch. In einigen liegen verletzte, geschundene Körper. Viele weinen stumm. Loren kann es sich nicht ansehen. So viel Trauer an einem Ort, setzt ihm ganz schön zu, aber er darf es sich nicht anmerken lassen. „Fast vergessen, der Sklave kann Deutsch.", merkt Dimitri beiläufig an. Nun ist Lorens Neugierde geweckt.

Der blonde Russe steuert direkt auf einen Käfig zu, vordem zwei Hünen mit Handfeuerwaffen stehen. Selbstsicher stellt Dimitri sich vor den Käfig, dabei trägt er ein süffisantes Grinsen im Gesicht.

## 22

Schnell wirft Loren einen kurzen Blick in den Käfig, sieht aber nur ein kleiner schwacher Junge darin. Weshalb will Dimitri mir den Jungen zeigen, fragt er sich. Doch er geht neben dem Käfig durch. Zu Lorens Überraschung befindet sich hinter dem Käfig eine Tür. Bei genauerem Betrachten erkennt er, dass hier die Mauer eine Ausbuchtung hat. Ohne gross darüber nachzudenken, folgt Loren dem älteren Bruder seines Mitbewohners. Ein hübsches kleines Büro versteckt sich hinter der Metalltür. Ein Schreibtisch aus Holz, nimmt die grösste Fläche ein, dazu kommen zwei Holzstühle vor dem Tisch und ein Sessel dahinter.

Unsanft lässt Loren sich auf einen Stuhl fallen. Dann erregt eine Bewegung im Ecken seine Aufmerksamkeit. Dimitri folgt seinem Blick, bis er den Grund für dessen Neugierde sieht. Sasha. „Beachte ihn nicht! Er wird früh genug für Gesprächsstoff sorgen.", weist Dimitri ihn an. Obwohl es Loren schwierig fällt, schenkt er seine Aufmerksamkeit nun wieder Dimitri.

„Erzähl mir von deiner Beziehung zu meinem Bruder." „Frag Andrej, ich werde dir nichts erzählen!" blockt Loren unfreundlich ab. „Wie ich sehe, komme ich mit dem freundlichen Weg bei dir nicht weit." In der Schublade wühlend, lässt er Loren nicht aus den Augen. Als er fand, was er suchte, legt sich ein teuflisches Grinsen auf sein Gesicht. Langsam zieht er eine Schachtel aus seiner Schublade, legt sie verdächtig langsam auf die Schreibtischoberfläche. Neugierig mustert Loren das Kistchen. Darin erkennt er viele Nadeln. „Weisst du was das hier ist?", er deutet auf das Kistchen. „Nadeln.", antwortet Loren monoton. „Wie schön, du hast damit noch keine Erfahrungen gemacht! Dann sollten wir das ändern. Gleich werden zwei meiner Männer hereinstürmen und dich auf den Boden drücken. Danach werden wir ein kleines Fragespiel spielen. Ich frage und du antwortest. Weigerst du dich, oder lügst mich an, dann drücke ich dir eine dieser Nadeln in die Haut." „Und sowas nennt sich krimineller!", murmelt Loren belustigt.

Wie angekündigt wird die Tür aufgerissen, zwei Männer stürmen hinein, packen Loren und drücken ihn mit aller Kraft gegen den Boden. Da Loren nichts Schlimmes befürchtet, wehrt er sich nicht. Dimitri befiehlt etwas auf Russisch, worauf hin Loren auf den leergefegten Schreibtisch landet. Einer umschliesst mit seinen Händen Lorens Handgelenke, der andere seine Fussgelenke. Fixiert liegt er nun auf dem Tisch, das Gesicht gegen das Holz gedrückt. „Versuchen wir es erneut. Wie sieht deine Beziehung zu meinem Bruder aus?" „Fick dich!", faucht Loren. Für diese Unverschämtheit drückt Dimitri Loren die erste Nadel in den Oberarm. Da es nicht schmerzt, grinst Loren ihn siegessicher an, doch als Dimitri die Nadel leicht aus seiner Haut ziehen will, schlagen sich die Wiederhacken in Lorens Fleisch. Erschrocken blickt Loren an die Stelle, an der sich seine Haut zu einem Zelt auftürmt, um wenig später einzureissen. Tränen steigen ihm in die Augen, dieser unerwartete Schmerz, bringt ihn vollkommen aus dem Konzept.

Doch noch immer redet er nicht, daher schlitzt Dimitri Lorens Oberteil auf. Nach jeder Frage, die Loren nicht beantwortet, steckt er ihm eine Nadel in den Rücken, bewegt sie allerdingst nicht. Nach etlichen Fragen reisst Dimitri der Geduldsfaden, er zupft an den Nadeln herum, reisst sie aber nie ganz aus der Haut. Nach wenigen Minuten ist Lorens Rücken feucht von seinem Blut, seine Stimme ist brüchig und erschöpft vom Schreien. Die Hand- und Fussgelenke sind wundgescheuert vom festen Griff der Männer, die ihn am Zappeln hindern.

Lärm dringt durch die verschlossene Tür, dann hämmert jemand fest dagegen. „Lass mich sofort rein!", brüllt ein aufgebrachter Andrej. Nickend weist Dimitri den Mann, der Lorens Fussgelenke festhält an, die Tür zu öffnen. Wie Dimitri bereits erwartete, rammt Andrej dem Mann ein Messer in die Brust. Dieser sackt zu Boden, presst seine Hand gegen die blutende Wunde. Um seiner Wut Ausdruck zu verleihen, schlägt er mehrere Male auf den zweiten Angestellten seines Bruders ein. Auch dieser sackt nach kurzem zusammen. „Und nun zu dir!", brüllt Andrej fuchsteufelswild. „Andrej?", haucht Loren schwach. Der Blick des Russen schnellt von seinem Bruder zu Loren, der Hasserfüllte Ausdruck weicht einem besorgten. Auch wenn er es nie zugeben würde, mag er den Jungen sehr.

Führsorglich lehnt er sich zu Loren herunter. „Ja was ist mein Kleiner?" „Kannst du die Nadeln entfernen, ohne dass ich dabei draufgehe?" Nun erst schaut Andrej Loren genauer an, bisher hat er nun das viele Blut gesehen. Schnell verschafft er sich einen Überblick, schätzt ab wie viele Nadeln in Loren stecken, um zu entscheiden, ob er die Nadeln gleich hier entfernt oder erst bei seinem Bruder Zuhause. „Wie viele sind das?!", fragt Andrej mehr sich als sonst jemanden. „Wenn ich mich nicht verzählte, siebenunddreissig.", eröffnet Dimitri. „Geh mir aus den Augen!" Da Andrej sich aufbaut, seine Hände zu Fäusten ballt und sich langsam von Loren entfernt, greift dieser nach ihm. Sofort lenkt der Russe seine Aufmerksamkeit wieder auf Loren.

„Kannst du dich auf die Seite drehen, so dass ich dich aufheben kann?" Stumm dreht Loren sich, so gut es geht. Für Andrejs Verhältnisse sanft, legt er seinen Arm unter Lorens Körper, den zweiten unter seinen Nacken. „Das wird gleich richtig weh-tun, aber ich muss dich irgendwie von diesem Tisch herunterbekommen." Bevor Loren überhaupt Zeit hat zu protestieren, hebt Andrej ihn mit einem Ruck hoch, schlingt seine Arme um ihn, so dass er ihn tragen kann. Dabei drückt er einige der Nadeln noch tiefer in Lorens Fleisch. Ein laut zwischen Schreien und Quietschen erfüllt den Raum.

Sowie Andrej Gregory zurückgelassen hat, steht dieser immer noch vor der Tür. Sein Gesicht verzieht sich, als er Loren sieht, sagt aber nichts dazu. Nach dem knappen Befehl: „Bring mich zu Dimitris Haus.", herrscht Stille zwischen den Beiden. Käufer, Verkäufer und gar die `Ware` beobachten Andrej, wie er mit Loren im Arm zwischen den Käfigen durchschlängelt.

Gregory öffnet seinem Boss die Tür zur Rückbank, auf diese lässt er sich fallen. Da Lorens Rücken nirgends dagegen kommen darf, entscheidet sich Andrej, ihn auf seiner Schoss sitzen zu lassen. Müde vom Blutverlust, lässt Loren sich an Andrejs Brust sinken. Ein paar Minuten vergehen, dann ist er im Land der Träume.

Nach der anstrengenden Fahrt hievt Andrej sich mit Loren aus dem Wagen. So gut es geht hilft Gregory ihm. Oben in seinem Zimmer, lässt er von Gregory eine Plane über sein Bett legen, da-

mit er Loren darauflegen kann. Während sein Angestellter alle Utensilien zusammen sucht, beobachtet Andrej Loren.

Nachdem Loren ein starkes Beruhigungs- und
Schmerzmittel gespritzt wurde, macht sich Andrej
an die Arbeit. Er entfernt Nadel für Nadel mit einem Skalpell. Es dauert beinahe eineinhalb Stunden, bis er die letzte endlich aus Lorens Rücken
entfernt. Die Nadeln, welche er tiefer in Loren
schob, um ihn zu tragen, entfernte er mit einem
scharfkantigen Röhrchen, welches er um die Nadel legte und Lorens Gewebe so mit der Nadel
entfernte. Um keine Infektion zu riskieren, säubert
er jede einzelne Wunde gründlich, bevor er gross-
flächig Creme darüberstreicht.

Früh am nächsten Morgen erwacht Loren. Als er
sich auf den Rücken dreht, zieht er erschrocken
die Luft ein. „Endlich bist du wach.", seufzt
Andrej erleichtert. Augenringe zieren sein Gesicht.
Seit er Loren die Nadeln entfernte, wich er nicht
mehr von seinem Bett. „Geh schlafen, du siehst
sch…-, ich meine nicht gut aus.", korrigiert sich
Loren selbst. „Wie fühlst du dich?" „Als ob ich
überfahren wurde." „Dimitri reagiert sonst nicht

so masslos über, also was hast du angestellt?"
„Nichts." Andrej hebt eine Augenbraue um Loren
zu signalisieren, dass er ihm nicht glaubt. „Ich
habe seine Fragen nicht beantwortet." „Was für
Fragen?", hackt Andrej nach. „Er wollte wissen in
welcher Beziehung wir zu einander stehen, ob du
mich als Opfer siehst, und solche Dinge eben.", erläutert Loren. „So wie du aussiehst, hast du nicht
darauf geantwortet." „Ach echt?" „Wieso nicht?",
will Andrej wissen. „Erstens geht es ihn nichts an
und zweitens kann er das dich Fragen." „Dir ist
bewusst, dass du es ihm einfach hättest sagen
können, um den Schmerzen zu entkommen?"
„Ja." „Schön, dass du es nicht getan hast. Und
weil du so tapfer warst, habe ich dir ein Geschenk."

Nach drei Stunden lässt sich Andrej endlich von
Loren überzeugen, ihm sein Geschenk, welches im
Keller ist, zu zeigen. Schützend stellt Andrej sich
hinter Loren, bei jedem Schritt würde er ihn am
liebsten zurück ins Bett schicken. Endlich die
letzte Stufe ist in Sicht. „Such dir einen aus.",
raunt Andrej dem Jüngeren vor sich zu.

Nachdem Loren den Raum inspizierte, wendet er sich den fünf angeketteten Männern an der Wand zu. Sie alle tragen einen schwarzen Sack über dem Kopf. Unsanft entfernt Andrej diese und wirft sie den Herrn vor die Füsse. Einer der Männer sticht heraus, denn ihm wurde ein Klebeband auf den Mund geklebt, seine Fesseln sind straffer angezogen und doppelt gesichert. Wie der Russe sich bereits dachte, stösst genau dieser auf Lorens Aufmerksamkeit. „Was ist mit dem?" „Reiss ihm das Klebeband vom Mund und erfahr es."

Loren tritt vor den Mann, welcher ein Kopf grösser ist als er und reisst ihm das Silberne Klebeband mit einem Ruck vom Gesicht. Ein lautes Murren verlässt seine Kehle, bevor er in Richtung Andrej spuckt. „Sasha, Sahsa, Sahsa wie unhöflich du wieder bist.", schimpft Andrej gekünstelt. „Lass mich frei und wir klären das ein für alle Mal!" Wie eine wilde Bestie zerrt Sasha an den Ketten. „Nein danke, immerhin könntest du mein Geschenk für Lu werden." „Muss ich Kyen dann abgeben?", fragt Loren vorsichtshalber nach. „Kyen?", fragt Sasha prompt nach. „Nein, musst du nicht.", entgegnet Andrej lächelnd. „Ignorier mich gefälligst nicht du dummes Stück Scheisse!", brüllt Sasha den vor sich stehenden Jungen an. „Ja Kyen, blonde Haare, dunkle Augen, gebräunt.", beschreibt Loren den Jungen. „Erst nimmst du mir meine Schwester, dann meinen Schützling! Was willst du mir noch alles nehmen?", Verzweiflung schwingt in Sashas Stimme mit. „Deine Schwester wollte es und Kyen war keine Absicht!", verteidigt sich Andrej, da er Lorens Blick bemerkt.

„Ich will ihn!", haut Loren seine Entscheidung raus. Dabei zeigt er auf Sasha. Er will einfach mehr über Andrej wissen und Sasha scheint ihn aus seiner Vergangenheit zu kennen. Zwei Fliegen mit einer Klappe. „Ich wusste, dass du ihn nehmen wirst. Willst du dich noch mit ihm Unterhalten, während ich die anderen zurück in die Halle bringe?" „Gerne."

## 23

Erst als Andrej die Kellertür von aussen abge-
schlossen hat, fällt Lorens Aufmerksamkeit auf
den Mann vor sich. „Woher kennst du Andrej?"
„Soll ich die gleichen Antworten geben wie du Dimitri?" „Das warst also doch du. Machen wir einen Deal. Du beantwortest mir meine Fragen und
ich gebe dir etwas dafür.", schlägt Loren vor.
„Wie wäre es mit Freiheit." „Nein. Aber ich werde
dafür sorgen, dass Andrej Kyen nichts mehr an-
tut." Bedrückt starrt der Mann vor ihm auf den
Boden. „Das nehme ich mal als ja. Also?" „Als wir
jünger waren, waren wir Freunde. Danach wurde
ich sein Angestellter." „Was war das mit deiner
Schwester?", spricht Loren einen sehr heiklen
Punkt in Sashas Erinnerungen an. „Nun ja sie
mochte Andrej halt sehr gerne, aber er hatte an ihr
kein Interesse. Damals stand er eher auf Vlad.
Egal meine Schwester schmiss sich Andrej förmlich an den Hals. Tausend Mal habe ich sie vor
Andrej gewarnt, aber nein, sie glaubte ja etwas Be-
sonderes in seinen Augen zu sein. Schon damals
war Andrej sehr gefährlich, ich kannte seine

Schattenseite, seine Ausbrüche…", seufzend vertieft Sasha das Erlebte. „Es kam wie es kommen musste. Vlad servierte Andrej ab. Er konnte und wollte seine Spielchen nicht mehr dulden. Frag ihn selbst wenn du darüber genaueres wissen willst. An diesem Abend nahm mein werter Freund ein wenig zu viel. Er trank, rauchte und spritze sich Zeug. In diesem Zustand tauchte er bei mir und meiner Schwester auf. Ich wollte ihn wegschicken, was ich dann auch tat. Nur meine Schwester wollte ihm so unbedingt helfen, dass sie sich rausschlich um bei ihm zu sein. Es war der schrecklichste Abend meines Lebens. Saskia kam am frühen Morgen ins Haus gestürmt. Ihre Augen waren rot, die Wangen nass. Ihre Kleider hingen in Fetzen über ihren Körper. Schnitte, Brandwunden und anderes zierten ihren kleinen Körper. Schützend nahm ich sie in den Arm. Die körperlichen Verletzungen heilten, wurden zu Narben, die sie immer an jene Nacht erinnerten, aber ihre Psyche konnte das alles einfach nicht verarbeiten. Als nach vierzehn Monaten in der Presse stand, dass Andrej in Haft sitzt und wegen fünf Morden angeklagt ist, gab es ihr den Rest. Sie legte sich in die Badewanne, das Wasser war eiskalt. Sie schnitt sich die Unterarme auf und wartete auf den Tod,

der sie schleichend ereilte. Neben sich auf dem Lavabo lagen zwei Briefe. Einer war an mich adressiert, der andere an Andrej. In meinem stand, dass Andrej sie mehrfach missbrauchte und dass sie die Welt nicht mehr ertragen könnte. Andrejs Brief blieb lange verschlossen. Sie schrieb ihm, dass er sie innerlich zerrissen hatte und dass sie immer nur ihn wollte, bis sie sah, was er wirklich ist."
„Das tut mir leid.", mitfühlend legt Loren seine Hand auf Sashas Unterarm. „Wie willst du Kyen eigentlich vor Andrej schützen?" „Ich werde es dir zeigen, sobald wir zurück Zuhause sind." Die Beiden sprechen noch über belanglose Dinge, bis Andrej sie mit einem räuspern unterbricht.

„Komm mit hoch Lu, ich muss deine Wunden pflegen." „Ist gut, komme gleich." Kurz verabschieden sich die Beiden voneinander. Mühsam quält sich Loren die Treppe hoch. Bei jeder Bewegung schmerzt sein Rücken. „Was hat dir Sasha erzählt?" „Warum?" „Du schaust mich so vorwurfsvoll an." „Saskia." „Das findest du schlimm? Ich habe sie nicht getötet und auch nicht lange gefoltert.", verteidigt sich Andrej. Doch Loren winkt ab. „Du verstehst das nicht! Ein Mädchen zu quälen ist grausam!" „Du hast recht, ich verstehe es nicht. Worin liegt den der Unterschied zwischen einem Mann und einer Frau! Und ausserdem ist es für einen Mann schlimmer gewisse Dinge zu ertragen!" „Tch!", schnauzt Loren.

Um ihm aus dem Weg zu gehen, zieht Loren sich in sein Zimmer zurück. Keine Minute hat er Ruhe, da Andrej wenige Sekunden nach ihm eintritt. „Was?!" „Deine Wunden." „Lass mich in Ruhe!", brüllt Loren so laut er kann. Seine Hände schlagen gegen Andrejs Brust, was diesen nicht sonderlich stört. Dennoch verschwindet er.

Wütend und auch verletzt, zieht Andrej seine Sportsachen an. Dann geht er laufen. Damit Dimitri sich nicht nochmal an Loren vergreifen kann, postiert er Gregory vor Lorens Zimmer. Ihm wird gar verboten auf die Toilette zu gehen. Seine Gedanken kreisen, während er sich immer mehr und mehr antreibt. Erschöpft, schwer atmend lehnt er sich gegen einen Baum. Immer wieder kommt Andrej der Gedanke Loren einfach wie seine bisherigen Opfer zu töten, den Moment zu geniessen, wenn das Leben seinen Körper verlässt. Aber dann breitet sich ein unangenehmes Gefühl in ihm aus. Er will Loren nicht verlieren oder gar töten, nein er will ihn auf seine Seite wissen. Seine Erfahrungen mit ihm teilen, so wie er es in der Zelle tat.

Gemütlich spaziert er zurück. Nach einer kurzen erfrischenden Dusche kleidet er sich neu ein, um zu Loren zu gehen. Unsicher tritt er von einem Fuss auf den anderen. In seinen Gedanken beschimpft er sich dafür, solche Selbstzweifel zu hegen. Nach langem hin und her, tritt er einfach ein. Überrascht stellt er fest, dass Loren seinen Rücken gerade vor dem Spiegel betrachtet. „Bist du noch sauer?", fragt Andrej sanft. „Ich war nie sauer. Nur, ach keine Ahnung. Enttäuscht trifft es auch nicht ganz, aber fast. Wie konntest du?" „Du weisst wie ich darüber denke, das haben wir bereits mehrfach besprochen. Aber ich bin nicht deswegen hier. Deine Wunden müssen unbedingt versorget werden, sonst heilt es nicht richtig. Würdest du dich auf den Bauch in dein Bett legen?" Da Loren keinen weiteren Streit vom Zaun brechen will, tut er wie geheissen.

Unglaublich sanft behandelt Andrej Lorens Verletzungen. „Was hast du Sasha angeboten, dass er dir die Geschichte mit Saskia anvertraute?" „Das du Kyen in Ruhe lassen wirst." Für einen Moment versteift sich Andrejs Körper, dadurch drückt er etwas fester als gewollt auf Lorens Rücken. „Hättest du das nicht erst mit mir besprechen müssen?" „Nein, du sagtest, dass Kyen mir gehört und dass ich mit ihm tun und lassen kann was ich will. Jetzt will ich, dass du ihn in Ruhe lässt." „Was wirst du tun, wenn ich gegen dein Verbot, doch etwas mit dem Kleinen tue?" „Das wirst du sehen, wenn es so weit ist.", droht Loren, da er sich diese Gedanken noch nicht machte.

„Wir werden in zwei Tagen von hier wegfahren, zurück Nachhause. Aber erst muss ich mit meinem Bruder ein Hühnchen rupfen." „Wegen mir?" Nickend lehnt sich Andrej zurück. „Das musst du nicht. Mir geht`s gut." Sofort drückt Andrej Loren seine Hand auf den Rücken, so dass dieser auf zischt. „So siehst du auch aus. Keine Sorge Lu, ich werde meinem Bruder nichts Schlimmes antun. Immerhin ist er mein Fleisch und Blut." „Was deiner Mutter sehr half.", berichtigt Loren kühl." „Das habe ich gehört!", schnauzt er Loren an, grinst dann aber bevor er das Zimmer verlässt, um seinen Bruder aufzusuchen.

Nach einem kurzen Flug und anstrengenden Autofahrt kommen Loren, Andrej und Sasha endlich in Hitzwalden an. Schnell sperrt Andrej Sasha in den Keller, in dieser Zeit Kocht Loren etwas für alle. Das sie beinahe nichts mehr haben, gibt es Spagetti an einer Tomatensauce. Zwei Teller, mit Besteck bringt Loren in den Keller, wo Andrej gerade die Tür zu Sashas Zelle absperrt. „Hier bitte.", meint Loren, als er die Teller verteilt. Sanft schubst er Andrej Richtung Treppe, so dass die Beiden in Ruhe essen können.

„Das ist echt lecker.", rühmt Andrej. „Danke. Wir müssen Morgen aber einkaufen gehen, der Kühlschrank ist leer und auch in den Schränken herrscht gähnende Leere." Nickend bestätigt Andrej, dass er Loren verstanden hat und einverstanden damit ist. An diesem Abend schreiben sie noch eine Liste. Obwohl Beide wissen, dass sie sich kein bisschen daranhalten werden.

## 24

Ungeschickt stopft Loren die eingekauften Artikel in Tüten. Zuhause räumt er alles ein, dann erst bemerkt er wie Andrej vor einiger Zeit im Keller verschwunden ist. Blitzschnell rennt er hinab, um Andrej über Kyen gebeugt zu sehen. Sein Blut gefriert, während sein Gemüt überkocht. Er sollte doch dem Jungen nicht mehr zu nahekommen und nun das!

Sasha ist an die Wand gekettet, so dass er Andrej gut bei seiner `Arbeit` zusehen kann. „Lass deine Finger von ihm!", keift Loren ihn wütend an, doch Andrej grinst nur dumm. Ohne zu zögern klatscht Lorens Hand in Andrejs Gesicht. Nun erhält er alle Aufmerksamkeit von dem Russen. „Das ...", beginnt Andrej, doch Lorens Hand in seinem Gesicht stoppt ihn. Zweimal schlug Loren zu. Sasha beobachtet die Szene, wie ein Geier eine sterbende Gazelle. Er fürchtet das schlimmste, doch Andrej lacht einfach. „Du bist einfach unverbesserlich!", schimpft er mit dem Jungen vor sich. Schnaubend klatscht der Kleine Andrej noch mal eine. „Geh nach oben und hilf gefälligst beim Ausräumen!"

Grinsend verzieht sich der Mann. „Wow.", rutscht Sasha raus. Fragend blickt Loren ihn an, während er die Fesseln an Kyens Körper löst. „Du hast ihn geschlagen, mehrfach und er hat dir kein Haar gekrümmt." „Ja und?" „Wie ja und? Das ist Andrej Jaroslav… Dem solltest du nie, niemals ein Dorn im Auge werden, sonst macht er kurzen Prozess.", erläutert der braunhaarige. Schulterzuckend hilft er Kyen beim Aufstehen. „Wenn ich dich gleich von deinen Fesseln befreie, wirst du in die Zelle gehen, oder muss ich Andrej holen?" Da Sasha keine Reaktion zeigt, holt Loren Luft, um Andrej zu rufen, noch bevor er einen Ton herausbekommt, nickt der Angekettete.

Zügig geht Loren hoch in die Küche, wo er Andrej tatsächlich am Einräumen findet. „Was sollte das!?", fragt Loren ihn vorwurfsvoll. „Ein Test." „Aha und habe ich bestanden?" „Das solltest du wissen." Mit gesenktem Kopf tritt Loren vor Andrej hin. „Mach jetzt nicht einen auf Unschuldig Lu! Du weisst genau was du angestellt hast und du kennst die Folgen! Ich habe dich gewarnt!" „Fick dich Andj! Du hast keine Ahnung! Seit ich dich kenne, geht mein Leben schief und das ist alles allein deine schuld!" Wutentbrannt rennt Loren aus dem Haus, die Einfahrt runter, in den Wald. Erst will Andrej ihm folgen, lässt es dann doch bleiben.

Stundenlang wartet er auf Loren. Erst kocht er, dann sieht er Fern, duscht, sieht nochmals fern. Gegen Mitternacht klingelt sein Handy. „Wo bist du verdammt!", brüllt Stan durch den Hörer. „Zuhause." „Schieb deinen Arsch hier her!" „Nein keine Lust." „Ace, du packst jetzt deine Sachen und kommst auf der Stelle hier hin!" „Kein Interesse.", damit hängt Andrej auf, dabei sieht er wie spät es bereits ist. Zwanzig nach Zwölf. Draussen herrscht tiefe Dunkelheit. Loren ist nun schon seit mehreren Stunden weg, langsam schleichen sich Sorgen in Andrejs Kopf. Was wenn ihm etwas passiert ist? Geistesgegenwärtig springt er auf, zieht Schuhe an, eine Jacke, schnappt sich eine Taschenlampe und eine Flasche Wasser.

Stunden vergehen. Doch noch immer keine Spur von dem Jungen. Verzweifelt und erschöpft lehnt er sich gegen einen Baum. In seinem Augenwinkel erkennt er eine Bewegung. Schnell richtet er den Strahl der Taschenlampe auf das Objekt, welches seine Aufmerksamkeit errungen hatte. Eine zusammengekauerte, zitternde Lore lehnt an dem Baum. Eilig geht Andrej zu dem zusammengerollten Körper. Blaue Lippen, bleiche Haut zieren den sonst so lebensfrohen Jungen. Sanft weckt Andrej ihn, legt ihm seine Jacke über, hebt ihn hoch, damit er ihn Nachhause tragen kann.

Schnell lässt Andrej dem kalten Wesen in seinen Armen ein Bad ein. Erst will er Loren allein lassen, wegen Lorens allzu wichtiger Privatsphäre, entscheidet sich dann doch dagegen, als er sieht, wie Loren sich ausziehen will und es nicht schafft. Ohne Aufforderung hilft er Loren sich bis auf die Unterwäsche zu entkleiden, dann setzt er ihn in das warme Wasser. Automatisch verzieht Loren das Gesicht. Das Wasser fühlt sich für ihn viel zu heiss an und sein Rücken ist noch immer sehr schmerzempfindlich. „Bleib sitzen!", murrt der Russe, als Loren nach nicht einmal einer Minute die Wanne verlassen will. Erschöpft lässt er sich in das warme Nass sinken. Wenige Minuten später schläft er tief und fest. Ab und zu zieht Andrej den Körper etwas höher, damit sein Gesicht immer oberhalb des Wasserspiegels bleibt.

Eingekuschelt in einer dicken Decke, kommt Loren zu sich. Grummelnd reibt er sich in den Augen. Ein verführerischer Duft weht ihm in die Nase. Der Duft spur folgend tapst Loren in die Küche. Geniesserisch schliesst er die Augen, das Wasser läuft ihm im Mund zusammen. „Gut das du Wach bist.", stellt Andrej erleichtert fest. „Mh.", unsicher beisst Loren sich auf die Lippe. „Hier iss." Lächelnd dreht Andrej sich mit dem Teller in der Hand zu Loren hin. Darauf befinden sich zwei Spiegeleier, Speck und zwei mit Marmelade bestrichene Brote. „Ich dachte du wärst sauer auf mich, weil ich nicht gehorchte und weggelaufen bin." „Ich bin sauer, aber mehr bin ich enttäuscht von dir Lu." Mit einem Hundeblick schaut Loren ihn an, damit er weiterredet. „Ich sehe deine Faszination für das was ich tue, wenn du es bei mir machst. Aber Kyen beschützt du wie deine Freunde. Selbst Sasha versuchst du zu schützen. Daher frage ich mich, ob du wirklich mein Schüler sein solltest." In Gedanken stochert Loren in seinem Essen herum, erst als Andrej seine Hand auf Lorens Schulter legt, kommt er zurück an den Esstisch. „Willst du mich rauswerfen?", hackt Loren betrübt nach. „Nein, aber ich will, dass du offen mit mir sprichst.", fordert Andrej. „Ist gut.", nuschelt angesprochener.

## 25

Den ganzen Tag über ist Andrej im Keller, den Loren nicht betreten darf. Nach putzen, kochen und Fernsehen macht sich Loren daran seine Hausaufgaben zu erledigen. Immerhin fehlte er über eine Woche im Unterricht. Gegen sechs Uhr kocht Loren erneut, gerade rechtzeitig kommt Andrej verschwitzt vom Keller hoch. „Ich geh kurz duschen, dann können wir essen.", informiert Andrej auf dem Weg zum Bad.

Der Tisch ist schön hergerichtet, dass Essen auf den Tellern kunstvoll drapiert. Mit grosser Sorgfalt kochte Loren ein Lasagne Rezept aus dem Internet nach. Er hofft, dass es so gut schmeckt wie es aussieht. Freudig setzt Andrej sich gegenüber von Loren hin. Vor ihm steht ein Glas Wein und Wasser mit Kohlensäure, dazu der schön hergerichtete Teller, Besteck und eine kunstvoll gefaltete Serviette. „Danke Lu." „Gerne"

Nach dem Essen räumt Loren den Tisch ab, macht die Küche sauber, dann geht er zu Andrej in das Wohnzimmer. „Was hast du heute den ganzen

Tag im Keller gemacht?", fragt er neugierig. „Das siehst du gleich. Eine Überraschung für dich." Ungeduldig trommelt Loren mit dem Finger auf seinem Oberschenkel herum, bis Andrej ihn endlich in den Keller lässt.

Mit geweiteten Augen sieht er sich um. Sasha liegt angekettet auf einem Metalltisch, neben ihm liegen mehrere Utensilien auf einem Tischen mit Rollen, damit man es gut verschieben kann. Kyen sitzt in einem kleinen Käfig, er weint stumm. Seine Wangen sind nass, seine Augen rot. Direkt oberhalb des Tisches ist eine Lampe befestigt, vor welcher eine Folie gespannt ist. Als Andrej das Licht einschaltet, begreift Loren weshalb die Folie dort ist. Die Striche auf der Folie werden auf Sashas Körper projiziert und ergeben einen Plan für Loren. Sanft streicht er die Linien mit dem Finger nach, was Sasha eine unangenehme Gänsehaut über den Körper jagen lässt. Glücklich beobachtet Andrej Loren.

„Tust du mir einen gefallen Andrej? Egal was es ist?" „Egal was?", hackt er zur Sicherheit nach. „Mh.", bestätigt Loren. „Sag mir was du willst und ich werde es mir überlegen.", lenkt der Russe ein. „Wenn ich das hier mit Sasha durchziehe, will ich, dass du die beiden frei herumlaufen lässt." „Wieso glaubst du, dass die Beiden nicht abhauen?" „Morgen wird ein Packet für mich kommen, mit Trackingchips für Hunde. Sasha und Kyen erhalten einen Chip. Problem gelöst." „Nein, du weisst dann nur wo sie sind, verschwinden können sie trotzdem." „Stimmt. Aber das werden sie nicht." „Wie kommst du darauf und sag jetzt nicht sie haben es mir versprochen." „Dann sag ich es eben nicht." „Du weisst, wenn die Beiden singen, bin ich am Arsch. Ich werde zurück nach Russland geschickt und wieder eingesperrt…" „Na und ich auch, nur muss ich erst ein Verbrechen dort begehen, dann wäre alles wieder so wie am Anfang." Strahlend schaut Loren den Mann vor sich an, bis er nickt.

Unter Andrejs Aufsicht, nimmt Loren ein Skalpell in die Hand. Mit diesem Zeichnet er die Linien von der Folie auf Sashas Körper nach. Immer wieder entweicht Sasha ein gequältes stöhnen, dennoch hält er still, damit er und Kyen der Freiheit ein Stückchen näherkommen. Blut fliesst in dünnen Rinnsalen an seinen Seiten herab, während Lorens Blick immer hypnotisierender wird. Selbst

Andrej beobachtet das flüssige Rot begierig. Geistesabwesend streicht Loren mit seinen kalten Fingern, die eben verursachten Wunden nach.

Andrej hängt die nächste Folie vor die Lampe. Auch diese Linien ritzt Loren sorgfältig mit dem Skalpell in Sashas Haut. Weitere Folien und weitere Instrumente folgen. Gegen Schluss hin brüllt Sasha beinahe durchgehend, seine Stimme wird immer brüchiger und heiser, doch das interessiert Loren im Moment kein Stück. Er will mehr, seinen Rausch befriedigen. Ein letztes Mal sticht er mir einer angespitzten Metallstange zu, ein letztes Mal kreischt Sasha auf. Lüstern will Loren fortfahren, doch Andrej hindert ihn daran. Er packt ihn an den Handgelenken und drückt ihn gegen die kalte Kellerwand. „Nein Lu. Er hat genug." Bittend schaut Loren Andrej an, doch dieser bleibt standhaft. „Nein du tötest ihn sonst." Es dauert einige Minuten, bis Andrej Loren loslassen kann. „Hilfst du mir beim verarzten?"

„War es so wie du es dir vorgestellt hast?", fragt Andrej am späteren Abend. „Nein, es war besser.", gesteht Loren euphorisch. „Bereust du es?" „Ein bisschen. Mein Gewissen setzt mir seit dem ersten Schnitt zu, aber alles andere schreit nach mehr." „Dein Gewissen wird sich von Mal zu Mal weniger melden, dann wenn du jemanden tötest, kommt es en letztes Mal. Du wirst zweifeln, doch dieses Machtgefühl willst du unbedingt um jeden Preis wieder erleben. Dazu kommt, dass du das alles nicht allein durchstehen musst." „Ich will niemanden töten." „Das weiss ich. Früher oder später wirst du es dennoch tun. Sei es, weil ich dich nicht aufhalte, oder es wirklich unabsichtlich geschieht." „Danke, dass du mich heute aufgehalten hast." „Immer wieder gerne mein kleiner Schüler."

-26-

Die Abschlussprüfungen sind geschafft. Als Einser Schüler erhält Loren eine Auszeichnung. Neben seiner Arbeit und seinem Hobby mit Andrej hat Loren fleissig gelernt. Wenn auch nicht immer freiwillig.

Wie Loren und seine Freunde letztes Jahr mitangesehen haben, müssen die Absolventen sich in einer Reihe aufstellen, um ihre Zeugnisse vor versammelter Schülerschaft, Eltern und Verwandten abzuholen. Seine Mutter steht in der ersten Reihe, nicht weit von ihr entfernt steht Andrej, der ihm lächelnd winkt. Selbst Kyen und Sasha stehen neben ihm.

Nach seiner ersten praktischen Übung an Sasha, wurde sein Leben gründlich auf den Kopf gestellt. Aber nun haben es die vier im Griff mit und neben einander leben. Immer wenn Sasha oder Kyen aus dem Haus gehen, geben sie Andrej Bescheid, wohin sie gehen und wann sie zurück sind. Alles in allem läuft es perfekt.

Danken nimmt Loren sein Zeugnis entgegen, stellt sich zu den anderen die es bereits erhalten haben und schaut dem treiben zu. Nach dem offiziellen Teil steht ein Buffet zur Verfügung. Welches schnell von den Absolventen geplündert wird. Auch Jace, Liam und Loren rennen förmlich dort hin. Die Pappteller mit Chips, Schinkengipfeln und Käseküchlein beladen, suchen sie sich eine Sitzgelegenheit.

Kaum den ersten bissen im Mund, stürmt Lorens Mutter auf die drei zu. Unwohl schaut Loren auf den Boden. Seit dem Streit vor rund fünf Monaten und den wenigen Versöhnungsversuchen sah Loren sie nicht mehr. Mütterlich umarmt Susy Liam, drückt ihm einen Kuss auf die Wange, dabei trieft sie vor stolz. „Hallo Mom.", grüsst Loren sie zurückhaltend als sie auch noch Jace in die Arme schliesst und von Herzen gratuliert. „Hallo mein Sohn, wie ich sehe geht es dir gut.", stellt sie bedauernd fest. Insgeheim hoffte sie, dass er miserabel abschneiden würde und es ihm auch sonst nicht gut erginge, damit er zu ihr zurückkehrt. Aber das Gegenteil schient der Fall. Susy unterhält sich noch eine Weile mit Liam und Jace, bis Andrej und sein Gefolge auftauchen. „Sie haben mir meinen Sohn weggenommen! Sie sollten sich schämen!", zischt Susy bedrohlich, dabei stupst sie Andrej mit dem Zeigefinger gegen die Brust. „Miss Jonson wie Sie sehen geht es Ihrem Sohn bei mir hervorragend. Ausserdem ist er Erwachsen und kann tun und lassen was er will." Bei seinen letzten Worten schnellen alle Blicke auf ihn. Sprachlos sieht Susy Andrej an, daher setzt dieser erneut an. „Komm Lu, wir haben noch etwas Geschäftliches zu erledigen. Mein Bruder ist der Ansicht, dass ich meinen Teil der Geschäfte wieder übernehmen soll und du wirst mein Assistent." „Ich wollte noch mit Jace und Liam feiern gehen. Können wir das auf Morgen verschieben?" „Geht in Ordnung, hier etwas Geld damit ihr auch ordentlich feiern könnt. Ach und übrigens du arbeitest nicht mehr bei Stan." Als Zeichen, dass er es gehört hat, nickt Loren einfach. Nachdem Loren sich an Andrejs Geldbörse bedient, verschwand dieser mit Sasha und Kyen.

„Wie viel hast du ihm abgenommen?", fragt Liam ungeduldig. „Sechs-, oder siebenhundert." „Alter marschiert der immer mit so viel Geld in der Tasche herum?" „Nein, nur bei solchen Anlässen oder wenn er denkt ich könnte es gebrauchen. Wieso willst du ihn überfallen?" „Den Typen? Nein! Ich bin nicht lebensmüde!", prustet Jace heraus. „Halt was?!", meint Susy erzieherisch. Da sie nach Andrejs Weggang nichts mehr sagte, beachteten die jungen Herrn sie nicht mehr und in der Menschenmenge um sie herum, ging sie auch etwas unter. „Susy beruhige dich, das war nur Spass, nichts weiter.", beruhigt Liam sie schnell. „Bevor ich es vergesse, ich werde heute Nacht bei

Loren schlafen. Bis morgen dann.", verabschiedet er sich von seiner Ziehmutter. Die protestierend hinter ihm herruft. „Ist doch in Ordnung, wenn ich bei dir penne?", fragt Liam nun um Erlaubnis bei Loren. „Geht klar, ich sag nur kurz Andrej Bescheid, dass er nicht wieder eine, ach egal!", winkt Loren ab. „Das er nicht wieder was?", fragt Jace neugierig nach. „Eine Frau bei uns hat.", rückt Loren mit einer Halbwahrheit raus.

Nach einem kurzen Anruf betreten sie den ersten Club. Die Stimmung ist top! Immerhin sind bald Sommerferien und alle feiern den Schulabschluss. Ausgelassen tanzen die drei, trinken und rauchen. Gerade nimmt Loren einen Schluck aus seinem viel zu süssen Drink, als er glaubt Dimitri zu sehen. Automatisch verschluckt er sich, hustend schlägt er sich gegen die Brust. Erneut blickt er den Mann an. Erleichtert atmet er aus, als er feststellt, dass seine Augen ihm einen Streich spielten. Der Mann ist braunhaarig, aber alles andere passt perfekt. Mit zusammengekniffenen Augen dreht Loren sich weg. Seine Tanzpartnerin schaut ihn verführerisch an, legt ihm die Arme um den Nacken, zieht ihn runter zu sich um ihn innig zu küssen.

Betrunken torkeln die drei aus der Disco, dabei entgeht Loren nicht, dass ihnen wer folgt. Der braunhaarige Mann, der Dimitri so ähnlichsieht. Mutig stampft er auf ihn zu, stemmt seine Arme in die Hüfte, als er vor ihm stehen bleibt. „Was willst du von uns?" „Nicht von euch, von dir.", berichtigt der Mann. Seine Stimme lässt Loren aufhorchen. Es ist Dimitri. „Andrej ist nicht hier.", murmelt Loren nun nicht mehr so mutig. „Das weiss ich. Sonst würde ich nicht vor dir stehen. Nun zum geschäftlichen... Du wirst alles tun, damit Andrej seinen Teil des Geschäfts wieder übernimmt. Andernfalls besuche ich deine Mummy." Wie erwartet versucht Loren zu wiedersprechen, dann verhandeln, bis Dimitri ihm ein Bild seiner Mutter zeigt, welches heute auf der Abschlussfeier aufgenommen wurde. „Morgen werde ich mit Andrej dieses Geschäftszeug anschauen.", gibt Loren sich geschlagen. Sanft tätschelt Dimitri seine Wange, während er: „Guter Junge.", murmelt.

Obwohl ihn das Erlebnis mit Dimitri beunruhigt, trinkt er fröhlich mit Jace und Liam weiter. Bis sie in den frühen Morgenstunden bei sich zuhause

aufschlagen. Kaum liegt er in seinem Bett, schläft
er auch schon.

„Pah ich stinke wie Sau!", murrt er als er sich
frühstück machen will. „Ist reichlich spät für
Frühstück Lu." „Warum ich bin eben erst erwacht,
also passt das. „Es ist vierzehn Uhr." Schulterzuckend geniesst er sein Marmeladenbrötchen weiter. „Wo sind deine Freunde?" „Jace duscht und
Liam schläft noch.", zählt Loren zwischen zwei
Bissen auf. „Schön schön, gegen fünf möchte ich
dich in meinem Büro sehen, damit wir über alles
sprechen können, da du jetzt mein Assistent bist."
„Ähm tick nicht gleich aus, aber Dimitri hat mich
gestern aufgesucht. Er will um jeden Preis, dass
du deinen Teil wieder übernimmst." „Weiss ich,
er schrieb mir kurz darauf, dass er dich sah und
mit dir sprach. Er wird heute übrigens auch dabei
sein. Wäre toll, wenn deine Freunde bis dahin
nicht mehr im Haus sind." „Was ist mit Kyen und
Sasha?" „Die habe ich ab heute Morgen eine Woche in Urlaub geschickt." Ungläubig hebt Loren
seine linke Augenbraue, daher schmeisst Andrej
Loren die Buchungsbestätigungskopien vor die
Nase und das Ortungsgerät für die Chips.

Nur mit einem Handtuch um die Hüften kommt Jace hereingeplatzt. „Hallo. Du Lu, hättest du mir etwas zum Anziehen? Meine Kleidung riecht ziemlich übel." „Klar bediene` dich einfach und weck Liam." „Danke.", ruft er von der Treppe.

„Denk nicht mal dran!", murmelt Loren, als er Andrejs Blick auf Jace bemerkt. „Was?" „Jace wird keines unserer Opfer!" „Dann halt nicht, aber er hätte den perfekten Körper zum Umgestalten.", schwärmt Andrej. „Er ist mein Freund und ausserdem Dimitri hätte auch den perfekten Körper für unser Hobby." „Versuch es ruhig, aber er ist unberechenbar."

## 26

Pünktlich um fünf klingelt es an ihrer Haustür. Loren geht hin um zu öffnen. Nach einer kurzen Begrüssung lässt er Dimitri und drei seiner Wachmänner eintreten. „Andj ist im Büro.", teilt Loren mit, bevor er voraus geht. Dimitri tritt ein, seine Wachen lässt er vor der Tür stehen.

„Etwas zu trinken?", fragt Loren höflichkeitshalber. „Gerne. Ein Kaffee und Wasser, wenn das möglich ist.", bittet Dimitri. „Für mich auch.", fügt Andrej hinzu. Wie ein Dienstmädchen verlässt Loren den Raum zügig, um die Bestellungen abzuarbeiten. Auf einem Tablar balanciert er drei Gläser Wasser, zwei Kaffee, Milch, Zucker und ein Tee. Gekonnt stellt er die Bestellungen auf den Tisch, dann setzt er sich zu Andrej. Da die Unterhaltung auf Russisch geführt wird, versteht er kein Wort.

„Schön, dass wir das alles geklärt haben. Nun sollten wir auf Deutsch wechseln, sonst langweilt sich mein Kleiner noch zu Tode.", meint Andrej lässig. „Passt schon. Ich muss eh weg, daher vergnügt

euch nur.", murrt Loren genervt, da er sich ausge-
schlossen fühlt. „Setz dich hin Lu!", befiehlt
Andrej kühl, doch Loren muss seinen Kopf durch-
setzen und aus dem Büro stolzieren. „Komm zurück und setzt dich hin oder es wird ein Nachspiel
geben junger Mann!", brüllt Andrej ihm hinterher.
Doch Loren geht einfach weiter.

Seufzend lässt Andrej den Jungen machen. Nach
einer langen Unterhaltung mit seinem Bruder, be-
stellt er Pizza für alle. Misstrauisch begutachten
Dimitris Männer das dampfende Käsegebilde. Erst
als ihr Boss es ihnen erlaubt, essen sie davon, bis
dahin sassen sie stumm davor.

„Schiesse! Wo soll ich denn jetzt hin? Zurück kann
ich nicht mehr.", murmelt Loren seine Gedanken.
Fieberhaft überlegt er sich wo er denn hin könnte.
Seine Füsse tragen ihn automatisch zu einer Bushaltestelle. In den nächsten Bus, der glücklicher-
weise gerade kommt, steigt er ein. Als ihm unwohl wird, steigt er aus, marschiert von der Haltestelle weg. Erstaunt stellt er fest, dass seine Füsse
ihn zum blue Ocean brachten.

Unauffällig tritt er ein, doch Traver erkennt ihn sofort. Schnell winkt er ihn zu sich, worauf hin ein Getränk auf der Theke auftaucht. „Danke Traver.", nuschelt Loren kaum hörbar. „Wie ich sehe hast du Schwierigkeiten. Willst du es mir erzählen?", fragt der Barkeeper mitfühlend. „Es sind keine Schwierigkeiten. Ich habe mich irgendwie mit Andrej, ähm ich meine Ace gestritten, oder besser gesagt, ich bin einfach abgehauen…"
„Mach dir keinen Kopf, Ace mag dich echt gerne, der vergibt dir das schon.", muntert Traver ihn auf.

Die Beiden Unterhalten sich noch eine Weile, bis ein gewisser schwarzhaariger Mann auftaucht. „Oh scheisse!" Schnell dreht Loren sich um, da steht er Lionel. Unauffällig nippt Loren weiter an seinem Drink. Doch natürlich ist er Lionels Aufmerksamkeit nicht entgangen. „Hallo Balg. Wie ich sehe bist du auch Mal wieder hier.", spricht Lionel Loren an. „Hallo Lionel." „Wie jedes Mal frage ich dich dasselbe. Hast du Lust viel Geld zu verdienen?" „Sorry, aber ich arbeite nicht mehr hier." „Oh noch besser. Willst du ein kleines Abenteuer wagen?" „Was für ein Abenteuer?", hackt Loren nach, da es ihn schon interessierte, weshalb Andrej so einen Aufstand um den Mann macht. „Ganz einfach unterhalte mich für dreissig Minuten. Ich darf dich berühren und du mich." „Nur leider stehe ich nicht auf Männer." „Wie schade… Ich dachte du wärst Aces Junge und deswegen ist er so beschützerisch, wenn ich in deine Nähe komme. Na egal, vielleicht hast du trotzdem Lust mitzukommen." Behutsam legt Lionel Loren seine Hand aufs Knie. „Nein kein Interesse.", damit schiebt Loren seine Hand weg. „Komm schon Balg, etwas spass tut dir sicher gut.", flüstert der Mann ihm ins Ohr, dabei legt er seine Hände auf Lorens Schultern.

Grinsend kommt Loren eine Idee. Zögernd dreht er sich um, damit Lionel nicht misstrauisch wird. „Du lässt deine Finger von meinem Gesäss weg, dann komme ich mit." Mit funkelnden Augen bezahlt Lionel für Loren, damit sie schnell aus dem Lokal können. „Wo willst du hin Balg?", fragt Lionel Loren als dieser vorangeht. „Zu mir.", haucht Loren lüstern. „Nein mein kleiner, wir werden zu mir gehen." Schulterzuckend folgt Loren Lionel zu seinem Auto.

Die Fahrt dauert lange, daher fragt Loren zwischendurch wie lange genau die Fahrt denn noch dauern wird. „Noch fünf Minuten." Die letzten Minuten fährt Lionel durch ein Waldstück. Sie gelangen an ein kleines Haus an einem See. Der dunkle Wald lässt alles mysteriös scheinen, aber auch etwas unheimlich. Zuvorkommend öffnet Lionel Lorens Tür, dann sperrt er auch die Haustür auf, die er Loren ebenfalls Gentlemen like offenhält.

Bewundernd schaut Loren sich in dem prunkvoll eingerichteten Wohnzimmer um. Alles ist geordnet und in dunklen Tönen gehalten. „Schau dich ruhig um.", macht Lionel sich vom Sofa her bemerkbar. „Danke." Neugierig untersucht er den Raum, bis seine eigentlichen Ziele wieder die Oberhand gewinnen. „Was genau hast du denn mit mir vor Lionel?", raunt Loren dem sitzenden Mann ins Ohr. Dabei legt er seine Hände auf dessen Brust. Sanft streichelt er über das weisse Hemd. „Ich denke du weisst ganz genau was ich von dir will Junge, immerhin tust du gerade das Richtige." Den Kopf in den Nacken gelegt, geniesst Lionel die zärtlichen Streicheleinheiten von Loren.

Die Minuten verstreichen und Lionel will endlich weiter, als die oberflächlichen Berührungen, daher legt er seine Finger um den Saum von Lorens Shirt. Behutsam schiebt er seine Finger darunter, so dass er Lorens Haut fühlen kann. Eine leichte Gänsehaut überzieht ihn, da er langsam aber sicher zurück zu seinem Plan kommen sollte, lehnt Loren sich zu Lionel vor. „Ich mag es etwas ausgefallener. Hast du Handschellen oder ein geeignetes Seil, damit ich dich festketten kann?" Um seine Absichten zu untermalen, leckt er Lionel den Hals entlang bis zu seinem Ohr. Dieser Schluckt, bevor ihm ein dezentes stöhnen entweicht. „Komm wir gehen in mein Schlafzimmer.", fordert Lionel Loren auf.

Bereitwillig lässt er sich die Handschellen um die Handgelenke legen, welche Loren geschickt um den Bettpfosten schlingt. Dann nimmt er das Seil, welches Lionel ebenfalls neben sich auf das Bett legte. Nachdem er ihm die Hose abstreifte, legt Loren es um dessen Fussknöchel. Er zieht kräftig zu, bindet das Seil dann ebenfalls an das Bettgestell. Bewegungsunfähig liegt Lionel nun vor Loren.

„Ab hier weichen unsere Vorstellungen wohl auseinander. Wie schön, dass dein Haus so weit abseits steht, dann kannst du so laut schreien wie du willst und dennoch hört dich niemand.", verkündet Loren mit rauer Stimme. „Was genau hast du denn vor? Ich dachte dein Arsch gehört dir?" Lachend nähert Loren sich. „Glaub mir Lionel die nächsten Stunden werden die Hölle auf Erden für dich und das Paradies für mich."

Aus der Küche holt Loren sich diverse Messer, Holzkellen, Salz und Öl. Aus dem Badezimmer holt er sich Desinfektionstücher. In einem Schrank findet er eine Glas Vase, die er im Lavabo zerschmettert und sich die grössten Glassplitter herauspickt. Weiter hinten in diesem Schrank findet er noch Nadel und Faden. Mit allen Gegenständen macht er sich auf den Weg zum mittlerweile panischen Lionel. Seine Hand-, und Fussgelenke sind wundgescheuert, die Decke neben ihm auf dem Boden.

Im Zimmer steht ein grosser Schreibtisch, den nutzt Loren um die verschiedenen Utensilien auszubreiten. Dort entdeckt er noch eine Schere, mit welcher er Lionels Hemd zerschneidet. „Bitte tu es nicht, ich habe Geld und ich werde es auch niemandem verraten.", bettelt Lionel. Doch Loren schaut ihn nur grinsend an. „Ich habe Geld, darum geht es mir nicht. Aber falls du es überlebst, dann wäre es besser niemandem etwas davon zu verraten!", droht Loren mit ruhiger Stimme. Wissend, dass er denn Mann vor sich nicht umbringen wird.

Erst schlägt er ihm ein paar Mal gegen die Rippen, bis ein knackendes Geräusch untermalt mit lautem Geschrei den Raum erfüllt. „Das waren wohl deine Rippen.", frohlockt Loren. Winselnd bettelt Lionel um Gnade. Doch Loren denkt nicht daran, denn Mann einfach so davon kommen zu lassen. Mit den verschiedenen Messern ritz er Lionel Muster in die Haut, bevor er Salz in die frischen Wunden streut. Unter Tränen japs Lionel nach Luft, sein Körper verkrampft sich.

Mit Vaseline, die Loren im Badezimmerschrank gefunden hat, hantiert er herum, doch dann fragt er Lionel: „Was hättest du gerne für ein Muster?" „Muster?", keucht der Mann schmerzverzerrt. „Ja. Muster. Ein Stern oder doch eher ein Herz?" „Ein

Kleeblatt, wenn's geht." Wie gewünscht zeichnet Loren Lionel mit der Vaseline ein Kleeblatt auf die linke Brusthälfte. Dann träufelt er Öl hinein. Sanft reibt er Lionels Haut damit ein, bis die gesamte Form mit Öl bedeckt ist. Mit einem Feuerzeugt zündet er die durchsichtige Flüssigkeit an. Erst bleibt Lionel still, doch dann brüllt er sich die Seele aus dem Leib. Noch bevor Loren es löschen kann, verliert er das Bewusstsein. Solange Lionel bewusstlos in seinem Bett liegt, duscht Loren sich und verschafft sich Erleichterung. Das Wasser färbt sich rot, als es seinen Körper hinunterrieselt.

Zurück in Lionels Schlafzimmer fällt sein Blick auf den Wecker neben dem Bett. Es ist bereits halb fünf Uhr morgens. „Schiesse!", flucht Loren, da er Andrej nicht Bescheid gegeben hat. Schnell rennt er ins Wohnzimmer, schnappt sich sein Handy aus der Jacke und schaltet es ein. Mehrere verpasste Anrufe und Nachrichten blinken auf. Wie erwartet sind alle von Andrej. Schnell wählt er seine Nummer, nach nur einem Signalton, hebt er ab.

„Loren?"
„Ja, ähm hallo Andrej."

„Wo zum Teufel steckst du? Ich habe mir Sorgen gemacht!"

„Ich bin bei Lionel Zuhause…"

„Bist du Irre?! Was machst du denn da?"

„Kannst du herkommen? Er liegt bewusstlos oben in seinem Bett. Ich hatte mich nicht ganz so gut unter Kontrolle und bin vielleicht etwas zu weit gegangen. Bitte hilf mir."

„Gib mir die Adresse und ich komme."

„Weiss ich nicht. Aber ich habe einen Chip dabei, du kannst mich orten."

Nach einer kurzen Verabschiedung springt Andrej in sein Wagen und rauscht auf den angegebenen Punkt zu. Es dauert beinahe eine Stunde, dabei überschreitet er überall das Tempolimit. Vor dem Waldhaus steigt Andrej auf die Bremsen, stellt den Motor aus und stürmt in das Haus.

Stille empfängt ihn.

Autorin:

Natacha Schüpbach, geboren am 17. März 1995,
lebt in der Schweiz. Bereits als Kind war sie vom
Schreiben fasziniert.
Sie liebt es zu backen, wandern und mit ihren
Haustieren zu spielen.